17218
H

MEMOIRES

POUR SERVIR

A L'HISTOIRE

DES

HOMMES

ILLUSTRES.

TOME X.

SECONDE PARTIE.

MEMOIRES

POUR SERVIR

A L'HISTOIRE

DES

HOMMES

ILLUSTRES

DANS LA REPUBLIQUE DES LETTRES.

AVEC

UN CATALOGUE RAISONNÉ

de leurs Ouvrages.

TOME X.

A LA SCIENCE

A PARIS,

Chez B R I A S S O N , Libraire, ruë S. Jacques,
à la Science.

M. DCC. XXXI.

Avec Approbation & Privilege du Roy.

INtroduction generale à l'étude des Sciences & des Belles-Lettres, en faveur des personnes qui ne sçavent que le François, *in*-12. *la Haye* 1731.

Triomphe de la Providence & de la Religion ; par *Labadie*, *in*-12. 4. vol. *Amsterdam*.

Recuëil de Discours sur diverses matieres importantes ; par *Barbeyrac*, *in*-12. 2. vol. *Amsterdam*, 1731.

Etat présent de la République des Provinces Unies, & des Païs qui en dépendent ; par *Janiçon*, *in*-12. 2. vol. *la Haye*.

Mémoires de ce qui s'est passé de plus considérable sur mer durant la guerre d'avec la France, depuis 1688. jusqu'à la fin de 1697. par *Burghet*, traduit de l'Anglois, *in*-12. *Amsterdam*.

Théologie Chrétienne ; par *Pegorier*, *in*-4°.

Histoire du Prince de Condé, *in*-12.

Ebauche de la Religion naturelle ;

par *Wollaston*, traduit de l'Anglois, avec un Supplement confidérable, *in-4°. la Haye*.

Les Cefars de l'Empereur Julien,
in-4°.

Hiftoire du Clergé feculier & régu-
lier, des Congrégations de Chanoines & de Clercs, & des Ordres
Religieux, *in-8°*. 4. vol.

Bibliotheque hiftorique & critique
des Auteurs de la Congrégation
de Saint Maur ; par *le Cerf*, *in-12*.
la Haye.

Métamorphofes d'Ovide, traduites
par *du Ryer* avec figures, *in-12*.
4. vol.

Parmaffo del Cardinal Delfino, *in-8°*.
Utreche, 1730.

Effai Philophifique fur l'ame des bê-
tes, *in-8°*. *Amfterdam*.

Serlock fur la Providence, *in-8°*.

Oeuvres diverfes, *de la Placette*, 6.
vol. *in-12*. *Amfterdam*, 1730.

Hiftoire de la Rebellion & des Guer-
res civiles d'Angleterre, depuis
1641. jufqu'au rétabliffement du
Roy Charles II. par *Edward, Comte
Clarandon*, *in-12*. 6. vol.

Traité des Miracles, *in-8°*.

Mémoires de *George I.* tom. 4.
& 5.

Oeuvres mêlées de R. B. *in-8°*.

Abregé de l'Histoire Universelle; par
Jean le Clerc, *in-8°*.

Cours Physique ; par *Weuhoer*,
in-4°.

Discours historiques & critiques; par
Saurin, *in-8°*. 5. vol.

Antiquitez Romaines, *in-fol*.

Pratique des Vertus chrétiennes,
in-8°.

Discours de *Saurin*, fur l'ancien
Testament, *in-fol*.

Histoire du Prétendant à la Couronne d'Angleterre, *in-8°*. 2. vol.

Prétentions de Dom Carlos, *in-4°*.

Mémoires du *Chevalier Temple*,
in-8°.

Mort des Justes ; par *la Placette*,
in-8°. 2. vol.

Voyages de *la Mortraye*, *in-fol*. 2.
volumes.

Lettres férieuses & badines, *in-8°*.
tom. 4. & 5.

Lettres du *Chevalier Temple*, *in-12*.
2. vol.

Traité de la verité de la Religion,
in-8o.

Hiſtoire de France ; par *Larrey*, in-
4°. 2. vol.

Hiſtoire du Kouaekariſme, *in*-12.

Eſſais de Morale ; par *la Placette*,
in-12. 7. vol.

Oeuvres *de la Placette*, *in*-12. 5. vol.

MEMOIRES

POUR SERVIR

A L'HISTOIRE

DES

HOMMES

ILLUSTRES

DANS LA REPUBLIQUE
des Lettres.

⋈⋈⋈⋈ ⋈⋈⋈⋈⋈⋈⋈⋈ ⋈⋈⋈⋈

CHANGEMENS, CORRECTIONS
& Additions.

Pour le Tome premier.

ISAAC DE LARREY.

 ANS l'Histoire de *Louis XIV*. par M. *de Larrey*, tout ce qui précede l'année 1701. est entierement de cet Auteur. Mais comme il mourut avant que d'avoir mis la

Tome X. Part. II. A

 I. DE LARREY.

I. DE derniere main au reste , M. *Bruzen*
LARREY. *de la Martiniere* a supplée à son défaut ; car c'est lui qui a arrangé la
matiere qui compose la suite , en
travaillant sur le plan de M. *de Lar-*
rey. Il n'est pas difficile de distinguer
les deux stiles.

LOUIS FERRAND.

L. FER- *P.* 13. TRop de docilité aux avis
RAND. qu'on m'a donnez sur mon
Ouvrage, m'ont fait corriger dans le
dixiéme volume, p. 2. comme une
faute , une chose qui ne l'est point.
J'avois dit que *Ferrand* avoit étudié
à *Toulon* dans le College des Prêtres
de l'Oratoire ; mais une personne
m'ayant assuré positivement qu'ils
n'avoient point de College dans
cette Ville , j'ai cru devoir changer
cet endroit. Cependant ils y en ont
un , ainsi il faut effacer la correction.

JACQUES PERIZONIUS.

P. 31. **A**Joûtez à ses Ouvrages les deux suivans. *Dissertatio Philologica de censoribus populi Romani. Lugd. Bat.* 1697. *in-4°.*

Panegyricus Regi Wilhelmo Araufiaco dictus. Lipsiæ 1694. *in-4°.* Il y en a une autre édition d'Hollande anterieure à celle-ci.

J. PERIZONIUS.

PHILIPPE DELLA TORRE.

P. 32. **I**L fut reçu Docteur en Droit à *Padoue* le 29. Janvier 1677. & nommé Evêque d'*Adria* le 6. Fevrier 1702. & non point le 13. Janvier, comme je l'ai dit après M. *Facciolati.*

J'ai rapporté ses principaux Ouvrages ; mais j'en ai omis quelques-uns moins considérables, dont il est bon de donner ici le détail.

1. *Epistola ad Clerum & populum Adriensis Diœcesis.* Cette Lettre, qui est dattée du 19. Mars 1702. jour au

P. DELLA TORRE.

P. DELLA TORRE. quel il fut ordonné Evêque, fut alors imprimée à *Rome*. Les Journalistes de *Venise* l'ont aussi inserée dans leur Journal, tom. 33. part. 2. p. 36.

2. Il écrivit le 18. Juin 1702. une Lettre sur une toile incombustible trouvée à *Rome* dans un ancien tombeau de marbre, qu'il adressa au P. *Montfaucon*; & ce Pere la traduisit en Latin, & l'insera dans son *Diarium Italicum*, p. 450.

3. *Lettera al sign. Dott. Giovanantonio Astori sopra d'un Medaglione d'Annia Faustina.* Cette Lettre, qui a été inserée sans la participation de l'Auteur dans le Journal de *Venise*, to. 4. p. 360. a été attaquée par deux Ouvrages differens. L'un du P. *Valsechi*, & l'autre de l'Abbé *Vignoli*, & ce fut pour les réfuter que M. *della Torre* composa son livre *de Annis M. Aurelii Antonini Elagabali*, auquel le P. *Valsechi* répondit. M. *della Torre* avoit composé une replique, qui étoit presque achevée, lorsqu'il mourut; elle n'a pas été imprimée.

4. On trouve dans l'*Appendix* des Centuries 3. & 4. des *Ephemerides des*

curieux de la nature, une Lettre La- P. DELLA
tine de sa façon, adreffée à *Jean Ma*- TORRE.
rie Lancſi, dattée de *Rovigo* le 7.
Mars 1712. en réponſe d'une autre
que ce célèbre Médecin lui avoit
écrite ſur la maladie & la mort de
D. Horace Albani, frère du Pape
Clement XI.

5. *Lettera intorno alla generazione*
de' Vermi. Cette Lettre, qui eſt
adreffée à *Antoine Vallisnieri*, ſe voit
dans le livre de ce Sçavant, intitulé:
Offervazioni ed eſperienze intorno all'
ovaia ſcoperta ne' vermi tondi dell' vo-
mo. In Padoua 1713. *in*-4°.

6. *Epiſtola de quodam Phœnomeno in*
Eclipſi Solari obſervato. Inſerée dans
un Ouvrage de *Jean Poleni*, Profeſſeur en Aſtronomie à *Padoue*, qui
a pour titre: *Obſervatio Solaris Eclip-*
ſis habita Patavii V. Nonas Maïas
1715. *Patavii* 1715, *in*-4°. On voit
par cette Lettre & la précedente,
que M. *della Torre* s'étoit appliqué
avec ſuccès à la Phyſique, & à l'hiſtoire naturelle.

7. *Lettera ſopra un iſcrizione regiſtra-*
tata in Lettere antiche nella Loggia d'A-
ſolo. Inſerée dans le premier tome du

A iij

P. DELLA supplement du Journal de *Venise*
TORRE. 1722.

8. On lit dans le Journal de *Venise*, tom. 33. part. 2. p. 78. une
Epître en vers Latins de sa façon,
adressée au P. *Thomas Minorelli*,
Dominicain. Il avoit composé un
grand nombre d'autres Poësies,
mais qui n'ont point été imprimées.

9. Ayant été aggregé à l'Academie
des Sciences de *Boulogne*, il écrivit
à *Matthieu Bazzani*, Secretaire de
cette Academie, qui le lui avoit
mandé, une fort belle Lettre, qui
se trouve dans le Journal de *Venise*,
tom. 33. part. 2. p. 82.

V. son Eloge par l'Abbé *Jerôme
Lioni* dans le Journal de *Venise*,
tom. 33. part. 2. p. 1.

PIERRE-DANIEL HUET.

P. 59. L'Acte de la donation qu'il **P. D.** a faite de fa Bibliotheque **Huet.** à la maifon Profeffe des Jefuites de *Paris*, dattée du 18. Avril 1691. fe trouve avec les autres pieces faites en confequence dans les *Amœnitates Litterariæ* de *Schelhorn*, tom. 5. p. 164.

P. 65. Son traité de *Navigationibus Salomonis* indiqué au N°. 14. a été traduit en François & inferé dans un Recuëil publié par M. *Bruzen de la Martiniere*, fous le titre de *Traitez Geographiques & hiftoriques pour faciliter l'intelligence de l'Ecriture Sainte par divers Auteurs célebres. La Haye* 1730. *in-12.* 2. *vol.* M. *Huet* met *Ophir* dans le Païs de *Sophala*.

P. 67. (65) Le *Traité Philofophique de la foibleffe de l'efprit humain* a été traduit en Allemand par *Chretien Frederic Groff*, Profeffeur à *Petersbourg*, lequel y a ajoûté des notes, qui réfutent le texte. Cette traduc-

A iiij

P. D.
Huet.

tion a été imprimée à *Francfort* en 1724. *in*-8°. (Lettre de M. *Jordan,* Ministre de *Prentzlaw.*

GUILLAUME DELISLE.

G. De-
lisle.

Ayant inseré dans le treiziéme tome de ces Mémoires, p. 210. une vie de *Nicolas Sanson*, où M. *Delisle* étoit maltraité , je n'ai pu me dispenser de faire entrer dans ce supplement une réponse à ce qu'on y lit de desobligeant à son sujet. C'est une chose que je crois devoir à la veneration que j'ai pour la mé- moire de M. *Delisle* , & à l'estime que je fais du mérite personnel , & de l'érudition profonde de l'Auteur de la réponse que l'on va lire. J'a- voüe que je me suis écarté en accep- tant le premier Mémoire de l'exacte neutralité, que je me suis toûjours proposée ; mais ce seroit m'en écarter encore davantage que d'en rejetter la réfutation. Quoique cette derniere piece paroisse plus étrangere à mon projet que celle qui y a donné oc- casion, je suis persuadé qu'elle ne

défigurera point mon livre , & que G. DE-
les recherches fingulieres & curieuſes LISLE.
qu'on y trouvera feront oublier
qu'elle n'y eſt pas tout-à-fait à ſa
place. Au reſte je ſuis bien aiſe d'a-
vertir que c'eſt pour la derniere fois
que j'inſere ici de ſemblables pieces.
Fixe dans mon premier projet , je ſuis
réſolu à ne plus m'en écarter ; il eſt
aſſez étendu , pour n'avoir pas be-
ſoin que j'entre dans des diſputes ,
qui l'étendroient encore bien davantage.

*Lettre de M * * *. de l'Academie
des Inſcriptions , & Belles-Lettres à
l'Auteur des* Mémoires pour ſervir
à l'Hiſtoire des hommes Illuſtres ,
&c.

Vous voudrez bien, mon R. P.
que ce ſoit à vous-même que je
m'adreſſe, pour vous demander raiſon de quelques endroits de l'Eloge
de *Nicolas Sanſon* publié dans le
XIII. volume de vos Mémoires , p.
210.

Mon deſſein n'eſt pas de m'oppo-
ſer aux loüanges que l'on y donne
à ce célebre Geographe; j'aurois de-
ſiré au contraire que ſon Eloge eut

G. DE-été plus étendu, plus détaillé, &
LISLE. s'il m'eſt permis de parler ainſi, plus
Geographique. J'aurois ſouhaité
qu'en montrant les changemens qu'il
avoit faits aux Cartes des anciens
Geographes, & qu'en indiquant au
moins d'une maniere generale les
motifs de ceux de ces changemens
qui étoient d'une plus grande importance, les Auteurs de ſon Eloge
euſſent fait ſentir au public les ſer-
vices que *Nicolas Sanſon* avoit rendus
à la Geographie.

Il eſt vrai qu'une pareille Methode auroit peut-être demandé plus de
connoiſſances Geographiques que ne
paroiſſent en avoir les Auteurs de
l'Eloge. Mais elle auroit été ſans
doute bien plus propre à aſſurer la
gloire de *Nicolas Sanſon*, que celle
qu'ils ont ſuivie. Ces détails Geographiques auroient été plus inſtruc-
tifs, & par conſequent plus intereſ-
ſants pour le public, que les per-
ſonalitez dont ces Auteurs ont rempli leur écrit, ſoit contre la mémoire de *Guillaume Deliſle* premier Geographe du Roy, ſoit contre l'Anonyme, Auteur de la Lettre inſérée

dans le Mercure de Mars 1726.

Je fuis cet Anonyme, mon R. P. & les Auteurs auroient pu remarquer que M. *de Fontenelle* dans l'Eloge qu'il a fait de *Guillaume Delifle* adoptant toutes les affertions Geographiques du Mémoire, & même celles qui concernoient Meffieurs *Sanfon*, n'a pas dédaigné d'en tranfcrire plufieurs articles, & même de me citer comme garant de quelques faits, qui y étoient rapportez. La maniere dont il l'a fait me confoleroit de n'avoir pas l'approbation des Auteurs de l'Eloge, fi j'avois la foibleffe de croire que les jugemens que l'on porte de nous, font capables d'ajoûter ou d'ôter quelque chofe au peu que nous pouvons valoir. Ainfi ce ne fera pas de moi qu'il s'agira aujourd'hui ; je ne parlerai que du fond des chofes que j'avois avancées dans le *Mémoire fur les Ouvrages de Guillaume Delifle.*

Vous me pardonnerez cependant, mon R. P. fi j'ofe vous dire, qu'un Ouvrage comme le vôtre devoit obferver une neutralité plus exacte ; & que fi je ne me trompe, la précaution

G. DE-
LISLE.

que vous avez prise de marquer, en publiant l'Eloge de *Nicolas Sanson*, que vous le donniez tel que vous l'aviez reçu, ne fert peut-être qu'à prouver, que vous n'ignoriez pas qu'il feroit moins regardé comme l'Eloge de *Nicolas Sanson*, que comme une déclamation contre la mémoire de *Guillaume Delifle*. N'étoit-ce pas vous mettre dans le cas de ce Romain, duquel on a dit : *Maluit culpam excufare, quam culpa vacare?*

A l'égard des Auteurs de l'Eloge, je ne fçai fi le chagrin de voir loüer un homme dont la réputation les blefoit, ne les a pas empêché de remarquer, que je ne difois rien qui attaquât la gloire de Meffieurs *Sanfon* ; que je diftinguois leur mérite de celui de leurs Ouvrages confidérez dans l'état où eft à prefent la Geographie ; que j'avois reconnu l'étenduë des obligations que leur avoit cette fcience ; & que fi j'avois parlé des fautes dont leurs Cartes font remplies, j'avois bien voulu n'imputer ces fautes qu'au défaut de mémoires exacts.

Les Auteurs de l'Eloge m'accu-

fent *de reticence*, & j'avoüe ici que G. D E-
j'en étois coupable, quoique ce foit L I S L E.
autrement qu'ils ne l'entendent. Par
égard pour M. *Moulard Sanfon*, qui
vivoit alors, dont je refpectois l'âge,
& dont j'eftimois infiniment la can-
deur, je ne voulus point dire que
Meffieurs *Sanfon* avoient négligé de
fe fervir des obfervations Aftronomiques connuës de leur temps, &
publiées avant qu'ils euffent donné
leurs Cartes. Dès l'an 1692. & 1693.
M. de *la Hire*, & M. *Caffini* (a) le
leur avoient reproché, & ce repro-
che a été renouvellé plufieurs fois
depuis. Aujourd'hui que la mort de
M. *Moulard Sanfon* me difpenfe des
mêmes égards, & que les Auteurs de
l'Eloge me mettent dans la néceffité
de défendre ce que j'avois avancé ;
rien ne me doit empêcher de montrer : Premierement que les Cartes
de *Nicolas Sanfon* étoient remplies
de fautes confidérables, qu'il auroit
évitées, s'il avoit fçu faire ufage des
obfervations Aftronomiques con-

(a) *Mémoires de l'Académie des Sciences*, tom. 8. de la nouvelle édition, pp.
643. 711. 715.

G. De-
Lisle.

nuës de ſon temps : Secondement
que la plus grande partie de ces
fautes demeura dans les Cartes de
Guillaume & Adrien Sanſon ſes fils,
quoique de leur temps le nombre des
obſervations Aſtronomiques ſe fût
multiplié, & que les nouvelles obſervations ſerviſſent à confirmer les
anciennes.

Ce n'eſt pas que dans les titres de
leurs Cartes ils n'annonçaſſent des
changemens & des corrections ; mais
ces changemens rouloient ordinairement ſur des points de détail peu
importans, & quelquefois même ils
aboutiſſoient à aggraver les fautes
commiſes par *Nicolas Sanſon* leur pere
dans ſes premieres Cartes. La preuve
de ces faits, que je vais donner le
plus briévement que je pourrai,
montrera, je crois, que je n'avois
pas ſi grand tort de dire qu'*après la
mort de Nicolas Sanſon la Geographie
fut comme abandonnée, & que l'on s'é-
toit contenté de copier ſes Cartes, quoiqu'elles fuſſent remplies de fautes.*

Une des plus conſidérables fautes
où ſoit tombé *Nicolas Sanſon*, eſt
d'avoir donné à notre Hemiſphere

une étenduë exceffive d'Occident en Orient. Cette faute fe répand fur tous les Païs de notre Hemifphere, qui fe trouvent par-là trop éloignez les uns des autres d'Occident en Orient. Ce n'eft pas ici le lieu de chercher qu'elle a été la fource de cette erreur, & de montrer qu'elle vient de ce que *Nicolas Sanfon* avoit une fauffe idée des mefures itineraires anciennes & modernes, & de ce qu'il a fuivi trop aveuglement les longitudes de *Ptolomée*.

Nicolas Sanfon dans fa Carte de l'Afie publiée en 1650. mettoit l'extrêmité Orientale de notre continent, & le chimérique détroit d'*Anian*, qu'il fuppofoit féparer l'Afie & l'Amerique au 185. degré à l'Orient de l'ifle *de Fer* la plus Occidentale des Canaries.

L'Edition de cette même Carte publiée en 1669. par *Guillaume Sanfon* fon fils, avec des changemens & des corrections annoncez dans le titre, fubftituë au détroit d'*Anian* celui d'*Uriez*, & marque les Ifles & Golphes découverts en 1643. par les Hollandois; mais elle recule ce dé-

G. De-
lisle.

troit d'*Uriez* de 10. degrez vers l'O-
rient, & place la terre d'*Yeço* au-delà
de ce détroit, la sépare absolument
de l'Asie, semble la joindre à l'Amerique, & en faire la partie Occidentale de ce continent, qui commence
au 200. degré de longitude.

Ces fautes étoient d'autant plus
inexcusables, que dès l'an 1630.
Hondius avoit placé dans ses Cartes
l'extrêmité de notre continent, &
les Païs contigus au Nord du Japon
au 165. degré de longitude. Les
Auteurs de l'Eloge, qui font eux-
mêmes cette remarque, & qui
croyent par-là diminuer le mérite
de la correction faite par *Guillaume
Delisle* aux Cartes des autres Geographes, ne pensent pas que ce fait
ne sert qu'à aggraver les fautes des
Geographes, qui n'avoient pas suivi
l'exemple de *Hondius*.

Hondius avoit déterminé la longitude de l'extrêmité Orientale de
l'Asie sur des observations Astronomiques faites plusieurs années avant
lui, & publiées dans plusieurs Ouvrages. Je n'en citerai qu'un ici,
parce que, quoique postérieur à la

Carte

Carte de *Hondius*, il eſt antérieur G. DE-
de ſix ans à l'Aſie de *Nicolas Sanſon.* LISLE.
C'eſt l'Ouvrage de *Vendelin*, intitulé : *Idea Tabularum Atlanticarum*,
publié en 1644. & dans lequel ce célebre Aſtronome raſſembla un grand
nombre d'obſervations propres à déterminer les longitudes de differens
Païs. Ce ſera de cet Ouvrage que je
tirerai les obſervations, dont je me
ſers pour conſtater l'erreur de *Nicolas
Sanſon.*

Le 8. Novembre 1612. on obſerva
à *Ingolſtadt* en Allemagne, à *Macao*
à la Chine, & à *Nangaſaki* au Japon
une Eclipſe de Lune, dont les diverſes Phaſes comparées entre elles
donnent 101°. 15′. pour la difference
de longitude d'*Ingolſtadt* & de *Macao*, & 15°. pour celle de *Macao* &
de *Nangaſaki.*

Une autre Eclipſe de Lune du 20.
Decembre 1619. donne 20. degrez
pour la difference de longitude entre *Lisbone* & *Ingolſtadt.* Ainſi ſuppo-
ſant avec M. *Sanſon*, *Lisbone* par le
dixiéme degré de longitude, *Ingolſtadt* ſera au 30ᵉ. *Macao* par le 131°.
15′. & *Nangaſaki* par le 146°. 15′.

G. DE-
LISLE.
environ ; que fi l'on ajoûte les 16.
ou 17. degrez que les Cartes de *Nicolas Sanfon* donnent d'étenduë au
Japon en longitude, fon extrêmité
Orientale fera vers le 163. degré ; la
terre d'*Yeço* & le détroit d'*Uriez* placés
au Nord du Japon s'avancent au plus
deux degrez vers l'Orient, & par
conféquent fe trouvent environ au
165e. degré de longitude, comme
Hondius les avoit marquez, & l'on
ne pouvoit reculer ces Païs jufqu'au
185. avec *Nicolas Sanfon*, & jufqu'au 200. avec *Guillaume Sanfon*,
fans tomber dans une erreur de 20.
degrez, ou même de 35.

Une autre Eclipfe du 17. May
1612. obfervée à *Goa* & à *Liege* donnoit 72. degrez pour la difference de
longitude entre ces deux Villes ;
mettant avec M. *Sanfon*, *Liege* par le
27e. degré, *Goa* fera au 99e. & non
au 115. comme il le marque. Ce qui
eft une erreur de 16. dégrez.

Le 27. Août 1635. il y eut une
Eclipfe de Lune obfervée en même
temps à *Paris*, à *Rome*, au *Cayre*, &
à *Alep*. Le célebre M. *Peirefc*, qui
avoit remarqué les erreurs groffieres

des Cartes de la Mediterranée en les   G. D E-
comparant avec les Routiers des L I S L E.
Pilotes, avoit pris des mesures pour
faire observer cette Eclipse, & pour
en publier les observations. Elles se
trouvent rassemblées dans l'*Hydrographie du P. Fournier* Jesuite, imprimée en 1643. & dès l'an 1639.
Gassendi avoit averti (*a*) que les observations de cette Eclipse décou-
vroient une erreur de dix degrez
dans la distance que les Geographes
marquoient de *Marseille* à *Alep*. En
comparant les differentes observations de cette Eclipse *le Cayre* se
trouve 33. degrez à l'Orient de *Paris*, & *Alep* 35°. 37′. 30″. Donnant
avec M. *Sanson* 23. degrez de longitude à *Paris*, *le Cayre* sera au 56e.
degré & *Alep* au 58°. 37′. 30″. Sur
les Cartes de *Nicolas Sanson*, *le Cayre*
est au 62e. environ, & *Alep*. au 72e.
Ces Cartes mettent entre ces deux
Villes une difference de dix degrez,
quoique par l'observation elle soit
beaucoup moins considérable. L'erreur des Cartes de *Nicolas Sanson*
est donc de six degrez dans la longi-

(*a*) *Vita Peirescii*, p. 193.

B ij

G. DE-
LISLE.

tude du *Cayre* , & de plus de 13. degrez dans celle d'*Alep*.

L'observation faite à *Alep* est assez
exacte : Car par celle que M. *de
Chazelles* fit en 1694. à *Alexandrete*
d'une Eclipse des Satellites de Jupiter, il trouva cette Ville 34°. 0'.
15". à l'Orient de *Paris* ; c'est-à-dire
1°. 37'. 30". à l'Occident d'*Alep*. Ce
qui s'accorde avec les distances itineraires de ces deux Villes. Je scai
qu'elles sont en general les imperfec-
tions de ces observations d'Eclipses
de Lune. Par exemple celle de 1637.
au *Cayre* fait cette Ville trop Orientale de 3°. 53'. 45". de même que
celle du 20. Janvier 1647. à *Smyrne*
par le célebre M. *Bouillaud* fait cette
Ville plus Orientale de 29°. 58'. que
Paris, & de 11°. 45'. que *Dantzik*,
où cette Eclipse fut très-exactement
observée par *Hevelius* ; *Dantzik* étant
16°. 29'. à l'Orient de *Paris* ; *Smyrne*
sera 28°. 14'. à l'Orient de *Paris*,
quoique par l'observation des Satellites de Jupiter par le P. *Feuillée*
elle en soit éloignée seulement de
24°. 39'. Cependant ces observations
toutes imparfaites qu'elles sont ,

étoient au temps de M. *Sanfon* , ce G. DE-
qu'il y avoit de plus fûr pour dé- LISLE.
terminer les grandes diftances , &
on ne pourra jamais l'excufer d'avoir
negligé de s'en fervir.

L'Obfervation de M. *Bouillaud*,
qui mettoit *Smyrne* 30. degrez à
l'Orient de *Paris* , lui donnoit une
longitude de 53. degrez , au lieu de
56. que *Guillaume Sanfon* marquoit
fur fes Cartes ; c'eft une difference
de trois degrez.

Le racourciffement de la Medite-
rannée , dont la néceffité avoit été
fentie par M. *Peirefc* , étoit , comme
le remarque *Gaffendi* , (*a*) le feul
moyen de réfoudre le problême ,
qui embaraffoit tous les Pilotes , qui
fe plaignoient de ne pouvoir con-
cilier les Cartes de cette mer avec
leurs routiers , & avec leurs navigations. N'eft-il pas étonnant que
Nicolas Sanfon n'ait pas fongé à profiter d'une découverte Geographique , que M. *Peirefc* avoit pris foin
de faire annoncer à toute l'Europe ?
N'eft-il pas encore plus étonnant
que fes fils , qui fe donnoient la

(*a*) *Vita Peirefcii* , p. 200.

G. DE-
LISLE.

gloire d'avoir corrigé ſes Cartes dans
les nouvelles éditions, ayent ignoré
ces obſervations, & toutes celles
qu'on publia depuis, ou n'ayent pas
ſçu en faire uſage ?

Vous ſçavez, mon R. P. que le P.
Riccioli en ramaſſa un très-grand
nombre dans ſa *Geographie réformée*,
Ouvrage infiniment eſtimé qu'il
donna en 1661. c'eſt-à-dire ſix ans
avant la mort de *Nicolas Sanſon*;
mais dont *Guillaume Deliſle* eſt le premier Geographe qui en ait profité.

Les erreurs des premieres Cartes
de *Nicolas Sanſon* ſont toûjours de-
meurées dans celles de ſes fils, &
même dans celles que M. *Moulard
Sanſon*, ſon petit fils, a données
dans ces derniers temps, comme
l'Aſie mineure ancienne, l'Empire
d'*Alexandre*, la Carte pour ſervir à
l'Hiſtoire des anciennes Monarchies,
&c. On y voit toûjours par exemple
Memphis, ou le *Cayre* au 62e. degré,
Alep ou *Hierapolis*, qui n'en eſt pas
loin, au 73. & *Smyrne* au 56e. ce qui
donne plus de 17. degrez d'étenduë
en longitude à l'Aſie mineure ſur le
parallele de *Smyrne* à l'Euphrate,

quoiqu'elle ait au plus dix degrez : G. DE-
c'eſt une erreur de près de 300. mille LISLE.
pas Geometriques, dont ces Cartes
augmentent l'étenduë de l'Aſie mineure.

La Carte d'Amerique de *Nicolas
Sanſon* n'a pas été exemte des fautes,
que lui a fait commettre ſon peu d'attention aux obſervations Aſtronomiques. Le 23. Septembre 1577. il y eut
une Eclipſe de Lune obſervée en même temps à *Tolede*, à *Madrid*, à *Val-
ladolid*, à *Séville*, à *Saint Jean d'Ouloua*, aujourd'hui *la Vera-Cruz*, ſur
la côte du Mexique, & à la Ville de
Los Angeles. En comparant le détail
de ces differentes obſervations rapportées dans l'Hydrographie du P.
Fournier, on trouve entre *Madrid* &
Saint Jean d'Ouloua ou *la Vera-Cruz*
une difference de 95°. 30′. & entre
la Vera-Cruz & *Los Angeles* Ville
peu éloignée de *Mexico* 3°. 30′. Une
autre du 15. Septembre de l'année
ſuivante 1578. donne 99°. 30′. entre
Madrid & *Los Angeles*; ce n'eſt qu'u-
ne difference de 30′. ou d'un deux-
centiéme.

G. DE-
LISLE.
Plaçant *Madrid* avec *Nicolas San-son* au 15. degré 40'. environ, *la Vera-Cruz* se trouvera au 280°. 15'. Cependant sur la Carte d'Amerique de *Sanson* publiée l'an 1650. & sept ans après l'Hydrographie du P. *Fournier, Saint Jean d'Ouloua,* ou la *Vera-Cruz* est au 275°. 30'. & *Los Angeles* au 273°. 45'. environ; c'est une erreur de plus de 4. degrez 30'. dans la position de *Saint Jean d'Ouloua,* qui sur ce parallele valent plus de 80. lieües marines. En sorte que cette Carte represente la côte du Mexique, & par consequent les Isles qui sont à l'Orient plus éloignées de 80. lieües qu'elles ne le sont des côtes Occidentales d'Europe.

Je pourrois facilement multiplier ces exemples des fautes commises par Messieurs *Sanson* pour avoir négligé les observations; mais cette Lettre demanderoit un volume; & à l'exception des Auteurs du Mémoire tout le monde est déja convaincu de ce que j'entreprendrois de prouver. Je ne m'étendrai pas non plus sur toutes les choses qu'ils avancent, pour diminuer la gloire düe à *Guillaume*

laume Delifle d'avoir été le réforma-
teur de la Geographie.

Ils affurent, par exemple, que le
mérite des Cartes de *Guillaume Delifle* fe réduit, par rapport à la longitude, *à une difpofition differente des
Méridiens.* Quel langage en Geographie ! Ils ajoûtent qu'il n'a pas fait
lui-même les obfervations dont il
s'eft fervi, comme fi le mérite du
Geographe, de même que celui de
l'Aftronome, ne confiftoit pas dans
l'ufage que l'un & l'autre fait des
obfervations, plutôt que dans le
travail méchanique de ces mêmes
obfervations.

Dans un autre endroit les Auteurs
du Mémoire demandent fi *Guillaume
Delifle* a marqué fur fes Cartes des
Villes, des Royaumes, & des Païs
inconnus aux autres Geographes, &
ils affurent qu'à l'exception de l'Afie,
qu'il a, difent-ils, *retrecie*, il n'a
rien changé au refte. Ils ont apparemment voulu dire *racourcie*; car
il n'a rien changé à la latitude de
l'Afie, ou à fa largeur pour parler
comme eux; mais feulement à fa
longitude, qu'il a confidérablement

G. DE
LISLE.

diminuée, de même que celle de l'Europe entiere, celle de l'Afrique & celle de l'Amerique.

A l'égard de la difference des Cartes de *Nicolas Sanson* & de *Guillaume Delisle*, elle frappe les yeux à la premiere inspection, & je ne comprens pas trop comment les Auteurs du Mémoire osent la nier. Ils croyent apparemment, que des Cartes sont semblables de cela seul, qu'elles contiennent les mêmes Païs, & c'est sans doute sur ce fondement qu'ils demandent si *Guillaume Delisle* a marqué sur ses Cartes des Royaumes & des Villes inconnuës aux autres Geographes.

Ignorent-ils que ce qui constitue le Geographe, c'est l'art de placer sur ses Cartes les Villes & les Païs connus conformément à leur vraye distance, & à leur situation respective sur le Globe terrestre? *Guillaume Delisle* a marqué dans l'Afrique, dans l'Amerique, & dans l'Asie Septentrionale un grand nombre de Païs que l'on chercheroit en vain sur les Cartes de Messieurs *Sanson*, rien ne se ressemble moins que la Tartarie de l'un & de l'autre de ces Geographes ; il semble que ce soient deux Païs differens. La Perse est encore dans le même cas sur leurs Cartes. Mais quand elles contiendroient précisé- ment les mêmes Villes & les mêmes Païs, la seule difference des positions Astronomiques suffiroit pour rendre les Cartes de *Guillaume Delisle* entie- rement originales.

Les itineraires anciens & modernes sont sans doute d'un grand secours pour la Geographie, & personne n'en a fait plus d'usage que *Guillau-me Delisle* ; mais quoiqu'en disent les Auteurs de l'Eloge, on se trouve fort embarassé, si l'on n'a pas un cer- tain nombre de points fixes détermi- nez par des observations Astronomi- ques ausquelles on puisse assujetir les routes, & nous ne voyons point que l'on soit jamais venu à bout de s'en servir pour dresser une Carte indé- pendemment des observations Astro- nomiques. Est-il possible qu'il y ait aujourd'hui des gens qui se mêlent de Geographie, & qui ignorent à quel point cette science est dépen- dante de l'Astronomie ? Je ne m'é-

G. DE-tendrai pas davantage ſur cet arti-
LISLE. cle, & je m'y ſuis peut-être déja
trop arrêté. Je paſſe aux reproches
que les Auteurs de l'Eloge font à
l'Anonyme.

1°. Je commence par ce qu'ils
diſent de la mer Caſpienne. Il eſt
vrai que *Guillaume Sanſon* changea
en 1667. dans ſa nouvelle Carte
d'Aſie la figure que lui avoit donnée
Nicolas Sanſon en 1650. qui étoit
celle qu'elle a ſur les Cartes de *Ptolomée* : mais il n'avoit point marqué
ſur quelle autorité étoit fondé ce
changement. On ne connoiſſoit alors
d'autres navigations ſur cette mer,
que celle de *Jenkinſon* en 1558. des
bouches du *Volga* à *Manguſlawe* le
long des côtes Septentrionales, &
celle du même *Jenkinſon* le long des
côtes Occidentales, depuis les bouches du *Volga*, juſqu'à *Schabran*
Village du *Schirvan* au Nord de
Schamaki. La navigation d'*Olearius*
en 1637. le long des mêmes côtes
Occidentales depuis le *Volga* juſqu'à
Niſabad, & ſon voyage par terre
depuis *Recht* capitale du *Ghilan*,
juſqu'à *Aſtracan*, confirmoit à la

verité ce que nous avoit appris *Jen-
kinson*, mais ne nous apprenoit rien
au sujet des côtes Orientales. On fit
graver une Carte de la mer Caspienne
dans la Relation des voyages de
Jean Struys, qui parut d'abord en
Hollandois en 1677. mais on donna
cette Carte comme ayant été faite
en 1665. & c'est sans doute sur l'autorité de quelque semblable Carte
que *Guillaume Sanson* changea le
plan de la mer Caspienne.

La Carte de *Struys* s'est trouvée
dans la suite confirmée par la Carte
levée par ordre du Czar, quant à la
figure de la mer Caspienne ; mais
quant au détail elle est remplie de
fautes si grossieres, qu'avant cette
confirmation on ne pouvoit gueres
y ajoûter foi ; le livre même où l'on
la trouvoit, rempli d'avantures Ro-
manesques grossierement imaginées
dans le Cabinet contribuoit à la
rendre encore plus suspecte.

C'est par cette raison que *Guillaume Delisle*, avant la Carte levée par
ordre du Czar, n'avoit adopté ni le
plan de *Struys*, ni celui de *Guillaume
Sanson*. Il s'étoit contenté de mar-

C iij

G. De-quer comme douteufes, ou même
LISLE. comme inconnuës, les côtes Me-
ridionales & Orientales de cette.
mer, où *Jenkinfon* & *Olearius* n'a-
voient point été. Lorfqu'il donna à
l'Academie des Sciences une Carte
qui reprefentoit la comparaifon des
differentes figures données à la mer
Cafpienne, il ne crut pas devoir faire
mention de toutes les délinéations
conjecturales de cette mer. Il fe
contenta de marquer celles des Geographes qui faifoient autorité, comme *Ptolomée* & *Aboulfedah*, & d'y
joindre la fienne, & celle de *Jean*
Struys, que l'on prétendoit avoir été
levée fur les lieux, pour faire fentir
d'un coup d'œil leur rapport avec la
Carte du Czar.

Si l'on avoit voulu parler de la
délinéation de *Guillaume Sanfon*, il
auroit fallu faire auffi mention de
toutes les autres délinéations conjecturales des Geographes, qui avoient
abandonné le plan de la mer Cafpienne donné par *Ptolomée*, de celle
d'*Olearius* qui avoit navigé fur cette
mer, *&c*. Ce qui feroit devenu excef-
fivement long, & n'auroit été d'aucune utilité.

2°. Les Auteurs de l'Eloge pré-   G. DE-
tendent que l'on a eu tort de ne pas L I S L E.
obſerver au ſujet de la terre d'*Yeço*,
que *Guillaume* & *Adrien Sanſon*
avoient réformé les Cartes de leur
pere, *& rapproché cette terre d'Yeço de
l'Aſie, juſques à l'y rendre contiguë.* Ce
ſont, mon R. P. les termes dont-
ils ſe ſervent. J'avois dit ſeulement
que l'on continua toujours de voir
ſur les Cartes de Meſſieurs *Sanſon* la
terre d'*Yeço*, beaucoup plus proche
de l'Amerique qu'elle ne l'eſt en
effet ; & je ne m'étois pas arrêté à dé-
tailler les fautes dont cette partie de
la Carte de *Sanſon* étoit remplie,
non ſeulement parce que ce n'étoit
pas mon objet, mais encore parce
que je ne cherchois pas à contriſter ce
qui reſtoit de la famille de Meſſieurs
Sanſon. Mais il faut aujourd'hui le
faire, puiſque l'on m'y oblige.

Lorſque *Nicolas Sanſon* publia ſa
Carte d'Aſie en 1650. il ne connoiſſoit ni la terre d'*Yeço*, ni le détroit
d'*Uriez* découvert en 1643. par les
Hollandois. Il ſuppoſoit au Nord
du Japon une mer libre & ouverte,
& que cette mer étant reſſerrée 300.

G. DE-lieües au Nord de cette même Isle
L.L.S.L.E. par le continent de l'Asie & par celui
de l'Amerique, ne communiquoit
avec l'Ocean Septentrional que par
un détroit, qu'il nomme *Anian*, &
sur les bords duquel il place les Païs
de *Quivira* & d'*Anian* en Amerique,
& celui de *Tenduc*, Province de *Cathay* en Asie. Il faut observer que ce
Cathay est supposé un très-grand
Païs au Nord de la Chine, dans lequel on place *Cambalou* & un très-
grand nombre d'autres Villes.

Tout cela est changé dans la Carte
publiée avec les corrections de *Guillaume Sanson*. On voit au Nord du
Japon & de la Chine le Païs des
Youpi, placé à l'Orient du *Tenduc* &
du *Niouché*. Ce Païs des *Youpi* s'avan-
çant au Sud forme une pointe, qui
se joint presque avec le Japon, &
n'en est séparée que par le détroit de
Zungar. A l'Orient de cette pointe
des *Youpi* est le détroit d'*Vriez* sé-
paré en deux par l'Isle des Etats. Au-
delà de ce détroit vers l'Orient est
la terre d'*Yeço* par le 210. degré de
longitude, & à plus de 240. milles
de l'Isle du Japon à l'Est-Nord-Est.

Guillaume Sanson avoit tiré la G. DE
poſition de ces Païs ſituez à l'extrê- L ISLE.
mité de l'Aſie de la Carte Portugaiſe
de la Chine & du Japon publiée en
1663. par M. *Thevenot.* (*a*) Il avoit
auſſi copié la Carte du détroit d'*U-
riez* publiée par le même Auteur
avec ſa traduction du voyage dans
lequel les Hollandois découvrirent
ce détroit, & aborderent à la terre
d'*Yeço.* Cependant contre le témoignage formel de la Carte & du
Mémoire il met le Païs d'*Yeço* à
l'Orient du détroit, le ſépare du
continent de l'Aſie, quoiqu'il en
faſſe partie, & qu'il touche au Japon, & il donne au Païs nommé
Yeço par les Japonnois, le nom de
Youpi, qui eſt inconnu à tous les
modernes. Cette mépriſe toute conſi-
dérable qu'elle eſt, n'eſt pas cependant la plus grande faute où ſoit tombé *Guillaume Sanſon.*

Dans la Carte d'Amerique, le Cap
Mendocin, & le Cap blanc, ou la
partie Occidentale de la Californie,
eſt placée au 235e. degré, & 25. degrez. à l'Orient de la terre d'*Yeço.*

(*a*) Rec. de voyages, tom. 2.

G. De-
lisle.

Suivant la proportion des paralleles de la terre d'*Yeço* & de la Californie ces 25. degrez valent 360. lieües marines. Sur cette même Carte la distance du Cap *Mendocin* à l'extrémité Orientale du Japon est de 30. degrez, qui sur ce parallele font au plus 650. lieües.

Ces distances font absolument contraires aux navigations faites de l'Amerique à la Chine, & de la Chine à l'Amerique. Le Journal de la navigation de *Fr. Gualle* en 1582. publié en 1619. trente ans avant la Carte de *Nicolas Sanson* dans le routier de *Linschot*, & dans plusieurs autres livres, nous apprend que du port d'*Acapulco* à l'Isle d'*Engagno* la plus meridionale des Isles *des Larrons*, il y a plus de 1800. lieües à peu près sur le même parallele, & plus de 2000. du même port d'*Acapulco* à l'Isle *Tendaya* la plus Orientale des Philippines.

Ce *Fr. Gualle* ayant reçu ordre, dans l'instruction que lui envoya le Roy d'Espagne, (a) d'examiner s'il

(a) Voyez *Couto Decad. X. lib.* 5. cap. 3.

étoit vrai qu'il y eut un paſſage à G. DE
l'Orient & au Nord du Japon, par LISLE.
où la mer du Sud communiquât à la
mer qui eſt au Nord de l'Aſie, remonta à ſon retour de *Macao* juſques à la hauteur du Japon par le
32e. degré de latitude, & de là faiſant route à l'Eſt-quart-Nord-Eſt,
il trouva que la côte de la nouvelle
Eſpagne, qu'il reconnut par le 37e.
degré de latitude, étoit éloignée de
1200. lieües de l'extrêmité Orientale
du Japon. C'eſt à cette derniere
route du retour que je m'attacherai,
parce qu'elle donne la poſition exacte
des Païs dont il s'agit.

Ces 1200. lieües étant des lieües
de 15. au degré d'un grand cercle,
comme celles que *Linſchot* employe,
elles valent ſur le parallele moyen
de ceux que ſuivit *Gualle*, 95. degrez de longitude au moins. Sup-
poſant avec *Guillaume Sanſon* l'extrêmité Orientale du Japon au 185e.
degré de longitude, la côte de la
nouvelle Eſpagne reconnuë par
Gualle, vers le 37e. degré de latitude, ſera au 280e. degré de longitude.
Sanſon la met au 235. ou 236. c'eſt

G. DE-une difference de plus de 45. dé-
LISLE. grez.

Cette erreur est une suite de celle
où il étoit tombé pour avoir negligé les observations Astronomiques.
Eloignant trop du premier meridien
l'extrêmité de l'Asie du côté de l'O-
rient , & l'extrêmité de l'Amerique
du côté de l'Occident , il falloit de
nécessité , qu'il diminuat l'étenduë
de la mer qui sépare l'Amerique de
l'Asie , & par là ses Cartes deve-
noient également contraires aux observations Astronomiques , & aux
routiers des Pilotes.

Les distances résultantes des deux
navigations de *Gualle* en 1582 étoient
d'autant plus assurées qu'elles se trouvoient conformes à celles qui résul-
toient de la route de *Drac* en 1577.
de la route de *Menduna* en 1580. de
la route de *Thom. Candish* en 1586. &
de toutes celles que les Anglois ,
les Hollandois & les Espagnols ,
avoient faites des côtes Occidentales de l'Amerique à la Chine , aux
Philippines & aux Molucques.

La terre d'*Yeço* étant au Nord du
Japon , elle est éloignée de la Cali-

fornie de 95. degrez , suivant la na-   G. De-
vigation de *Gualle*. Sur la Carte de L I S L E.
Sanfon elle eft éloignée de 35. degrez feulement ; c'eft une erreur de
60. degrez de longitude ; & c'eft-là
celle que j'avois reprochée dans le
Mémoire fur les Ouvrages de *Guillaume Delifle* , & que je m'étois contenté d'indiquer. Eft-ce répondre à
cette obfervation , que de dire ,
comme font les Auteurs du Mémoire , que les fils de *Nicolas Sanfon* ont
raproché la terre d'*Yeço* de l'Afie fur
leurs Cartes ? Ce qu'ils devoient
faire étoit ; 1°. de ne pas féparer la
terre d'*Yeço* du continent de l'Afie ,
& de ne la pas joindre à l'Amerique ; 2°. d'éloigner l'Afie & l'Amerique , & d'ajoûter une diftance de
plus de 45. degrez ou plus de 740.
lieües marines , à celle qu'ils mettoient fur leurs Cartes entre ces deux
parties du monde.

A l'égard de la Californie , dont
les fils de *Nicolas Sanfon* fe font obf-
tinez à faire une Ifle , j'aurois pu
imputer cette faute à *Nicolas Sanfon*
lui-même : Car, l'opinion qui fépare
ce grand Païs du continent n'a ja-

G. De- mais été adoptée par aucun bon Geo-
lisle. graphe, si l'on excepté Messieurs
Sanson. Ortelius, Bertius, Blaeu, &
Mercator, ont toûjours representé la
Californie comme une presque Isle,
& le scavant *Laet* dans la Carte, qui
est à la tête de son excellente description de l'Amerique, lui donna encore cette figure en 1640. M. *Delisle* ne
s'est jamais donné pour l'Auteur de
cette opinion; il a seulement prétendu se conformer en cela aux meilleures Cartes, & aux meilleures Relations.

Il n'est plus possible maintenant
de douter que la Californie ne soit
attachée au continent de l'Amerique,
dont elle n'est séparée que par un
grand fleuve nommé *Rio-Colorado*,
ou la Riviere rouge par les Espagnols. Le P. *Kino*, Jesuite passa en
1700. de la terre ferme dans la Californie en traversant ce fleuve, & il
a donné une Carte détaillée de ce
golphe, qui a été publiée en 1705.
(*a*) il y a plus de 25. ans. Seroit-il
possible que les Auteurs de l'Eloge
fussent assez peu instruits des nou-

(*a*) *Lettres Edifi. tom.* 5.

velles Geographiques, pour ignorer G. DE-
ce fait ? Il le femble, à voir la façon LISLE.
dont ils parlent de la Californie, &
la promeffe qu'ils nous font par un
paffage d'*Horace* du retour de l'ancienne opinion, qui féparoit ce Païs
du continent de l'Amerique par un
détroit.

Dès le temps de *Nicolas Sanfon* la
chofe ne devoit pas être problémati-
que. L'opinion, qui fait une Ifle de
la Californie, n'a jamais eu d'autre
fondement que quelques Cartes marines Efpagnoles (*a*) copiées par les
Pilotes Hollandois dans la penfée
qu'elles étoient faites par des gens
aufquels le Païs devoit être connu.
Ils auroient dû penfer cependant,
que l'on ne connoît aucun Voyageur,
qui fe foit jamais vanté d'avoir fait le
tour de la Californie, & d'avoir vû
cette prétenduë communication du
Golphe de la Californie avec la mer,
qui eft au Nord du Cap blanc vers
le 45e. degré de latitude. Cette réflexion pouvoit fuffire pour defabufer
Nicolas Sanfon; mais on avoit de fon

(*a*) *Laet Amerique VI. ch.* 17. *p.* 221.
240.

G. De-temps des preuves poſitives, qui
Lisle. nous diſpenſent d'appuyer ſur cette
preuve négative.

Nous trouvons dans les Hiſtoriens
Eſpagnols de l'Amerique, *Herrera,*
&c. (*a*) le détail des navigations de
Fr. d'Oulloa, & de *Fernand de Alar-*
çon dans le Golphe de Californie, &
ces navigations donnent la preuve
que c'eſt un veritable Golphe, &
non un détroit. *Fr. d'Oulloa* envoyé
en 1539. par *Cortés* pour découvrir la
côte Occidentale de l'Amerique entra dans le Golphe de Californie, &
s'étant avancé juſqu'au 30ᵉ. degré,
il trouva que les deux rivages s'ap-
prochoient ſi fort, qu'on les pouvoit
appercevoir tous deux du milieu du
canal. Ayant continué ſa route au
Nord-Oueſt l'eſpace de 54. lieües,
il s'apperçut que la mer commençoit
à changer de couleur & à blanchir,
preuve que le fond diminuoit. Ayant
continué de naviger encore huit
lieües, il trouva que le fond diminuoit

(*a*) Voyez en l'extrait dans *l'Amerique*
de Laet imprimé en 1640. VI. ch. 12.
& 17.

nuoit de plus en plus, en forte que G. DE-
la mer n'avoit plus que cinq braffes LISLE.
de profondeur, & il ne crut pas devoir s'engager dans ces bas fonds. Il
obferva que la marée couroit avec
beaucoup de rapidité au Nord-Oueft
pendant fix heures, & qu'elle reve-
noit au bout de ce temps avec la même rapidité. Cette obfervation lui
ayant fait foupçonner qu'il ne devoit
pas être loin de l'extrêmité du Golphe, il monta au haut du mât avec
le Pilote, & reconnut la verité de fa
conjecture. Il découvroit de-là la
terre de tous côtez, & voyoit diftin-
ctement le fond du Golphe terminé
par une côte platte, & fi baffe que
l'on ne pouvoit s'appercevoir que
l'on n'en fut extrêmement proche.
Cette obfervation jointe au danger
des bas fonds le détermina à s'en
retourner.

L'année fuivante 1540. *Fernand de
Alarçon* fut envoyé dans ce même
Golphe avec ordre de pénétrer encore plus avant que n'avoit fait *Oülloa.*
Etant arrivé jufqu'aux baffes, où ce
dernier s'étoit arrêté, il avança jufqu'au fond du Golphe, rifquant plus

d'une fois de s'échoüer fur ces bas-
fonds, & il trouva que l'extrêmité
du Golphe se terminoit à un grand
fleuve, qu'il nomma de *Bonaguia*,
& qu'il remonta l'espace de 80.
lieües ou de 4. degrez 30. minutes.
C'est celui qui est nommé aujour-
d'hui *Rio-Colorado*. Pouvoit-on de-
sirer des preuves plus fortes que la
Californie n'étoit pas une Isle, mais
qu'elle est attachée au continent de
l'Amérique ? Et *Nicolas Sanson* est-il
excusable d'avoir préferé à des témoignages si précis & si formels celui d'une Carte dont l'Auteur étoit
inconnu.

3°. Pour ce qui regarde les sources
du Nil placées au-delà de la ligue
sur les Cartes de Messieurs *Sanson*,
je n'ai point reproché cette faute à
Nicolas Sanson ; car quoique dès l'an
1652. le P. *Kircher* eut publié dans le
premier volume de son *Oedipus
Ægyptiacus* la description des sources du Nil découvertes en 1618. par
le P. *Païs* Portugais, comme cette
description ne déterminoit pas exactement la latitude de ces sources,
elle n'a été sûrement connuë qu'en

l'année 1661. lorfque le P. *Tellés* fit
imprimer à *Coimbre* l'abregé de l'Hiftoire d'Ethiopie du P. *d'Almeyda*,
lequel avec les autres Miffionnaires
Jefuites avoit parcouru plufieurs
fois ce Païs, obfervant exactement
la latitude des endroits les plus
confidérables. On vit paroître à peu
près dans ce même temps une Carte
de l'Ethiopie dreffée par ces mêmes
Miffionnaires, fur laquelle les fources
& le cours du Nil étoient marquez
avec beaucoup de détail, & dont
on affuroit que les latitudes étoient
déterminées par des obfervations
exactes. Cette Carte fut copiée à
Rome, & gravée fur le nom du P.
Efchinard Jefuite, on ne fçait en
quel temps ; mais fûrement elle
étoit déja ancienne en 1673. lorfque
M. *Thevenot* en publia une autre
gravée fur l'original Portugais avec
un abregé de la Relation du P. *Tellés.*
L'année fuivante 1674. on en fit encore graver une autre dans le Recüeil
in-4°. de differens voyages, où l'on
trouve une Relation de la découverte des fources du Nil.

Dès l'an 1670. M. *Bernier* avoit

G. DE-fait graver cette même Carte dans LISLE, le fecond volume de fa relation. Nous avons un grand nombre d'éditions de la Carte des Miffionnaires Portugais, comme celle de *Ludolf*, celle de *Jean-Baptifte Nolin*, &c. enforte qu'il y a long-temps que l'erreur des Cartes de *Ptolomée*, dont on avoit déja des foupçons (*a*) en 1610. & 1613. eft une chofe démontrée.

Dès l'an 1673. M. *Thevenot* fe plaignoit de la fauffeté de toutes les Cartes d'Ethiopie au fujet des fources du Nil, & il defignoit même celles de Meffieurs *Sanfon*, fous le nom de *nouvel Atlas*. Long-temps après lui on s'eft encore plaint (*b*) de leur obftination à conferver dans leurs Cartes les vieilles erreurs au fujet de l'Abiffinie.

A l'égard de la petite chicane des Auteurs de l'Eloge fur la quantité de l'erreur commife par Meffieurs *Sanfon* dans la pofition des fources du

(*a*) *Hift. des Indes du P. du Jarric*, 2. vol. p. 16. 3. vol. p. 232.

(*b*) *La Martiniere Dict. Geographique* au mot *Abiffinie*, *&c.*

Nil, je ne fçai fi je dois m'y arrêter.
Nicolas Sanfon place les fources du
Nil, l'une au Sud du Lac imaginaire
de *Zaflan* par le 13e. degré Sud au-
deffus de *Tirout*, l'autre au Sud du
Lac *Zaire* au-deffus de *Bagamedro*,
& par le 16e. degré Sud. Je m'étois
expliqué peu exactement, j'en con-
viens, en difant que Meffieurs *Sanfon*
avoient mis les fources du Nil fous
le Tropique. Il les a placez plus près
de la ligne : mais l'erreur eft toûjours
affez confidérable. Car la vraye pofition de ces fources étant par le 12e.
degré Nord, c'eft une erreur de 28.
degrez, ou de 560. lieües marines.
Les Auteurs du Mémoire prétendent
que l'on doit placer les fources du
Nil au Sud des deux Lacs, d'où for-
tent les deux bras de ce fleuve, par
le 5e. & 6e. degré ; j'y confentirai
volontiers ; mais ce fera lorfque le
public fera convenu de mettre la
fource du *Rhone* à fa fortie du Lac de
Geneve, & celle du *Rhin* à fa fortie
du Lac de *Conftance*. Jufques-là je
regarderai toûjours comme la fource
d'un fleuve le lieu où il commence
à fortir de terre.

G. DE
LISLE.

G. DE-
LISLE.

Vous jugerez aisément par tout
ceci, mon R. P. combien j'avois
menagé les Cartes de Messieurs *San-*
son, & même combien je les menage
encore. On feroit un très-gros volume du seul dénombrement des fautes qu'ils ont commises en ne se servant pas des Mémoires & des observations qu'ils avoient sous les yeux,
& cela sans même sortir de l'Europe,
qu'ils assurent avoir été parfaitement
connuë à *Nicolas Sanson.* Mais graces
aux Ouvrages de *Guillaume Delisle*,
ce travail seroit inutile. Le public
est absolument revenu aujourd'hui de
ces vieilles erreurs Geographiques,
qui ne se voyent plus que sur les Cartes de Messieurs *Sanson.* Je ne me se-
rois pas même engagé dans la discus-
sion presente, si les Auteurs de l'Eloge ne m'y avoient obligé.

Je finirai par l'examen de ce qu'ils
avancent au sujet de l'*Introduction à*
la Geographie promise par *Guillaume*
Delisle, & du discours qu'ils lui font
tenir. Il n'y a dans tout ce qu'ils disent qu'une imputation absolument
destituée de preuve, & même de
vraisemblance. Ainsi on ne doit leur

répondre, qu'en niant simplement le G. DE
fait. Ce n'est donc pas pour répondre L I S L E.
aux Auteurs de l'Eloge ; mais uniquement pour rendre compte au public des raisons, qui l'ont privé de
cette Introduction, que je vais rapporter ce que m'a dit plusieurs fois
fur ce sujet M. *Delisle*.

Tout le monde sçait à quel point
il étoit communicatif, & avec quelle
facilité il rendoit raison des changemens faits sur ses Cartes, même à
ceux qu'il voyoit pour la premiere
fois, dès qu'il appercevoit en eux
quelque connoissance, ou du moins
quelque amour de la Geographie.
Le goût naturel que j'ai eu de très-
bonne heure pour cette science, qui
est, comme on l'a dit, un des yeux
de l'histoire, m'avoit lié avec lui, &
il avoit pris une confiance en moi,
qui le portoit à ne me cacher aucun
de ses secrets Geographiques, & à
me communiquer ce qu'il avoit de
plus précieux en ce genre dans ses
immenses Recuëils. Jamais homme
n'a été plus éloigné que lui de ces
sentimens de jalousie & de méfiance,
que lui attribuent les Auteurs de

G. De-l'Eloge, & tous ceux qui l'ont connû
Lisle. sçavent que son caractere le portoit
peut-être au défaut opposé & à une
trop grande facilité.

Lorsqu'il publia sa Mappemonde
& ses Cartes generales en 1700. il
craignit que le public ne fut révolté
par la difference énorme, qui se trouvoit entre elles, & celles qu'on avoit
vû jusqu'alors. Il mit sur ses Cartes
un avertissement par lequel il marquoit qu'il se croyoit en état de rendre raison de ces differences dans une
nouvelle *Introduction à la Geographie.*

Cependant comme il ramassoit
tous les jours de nouveaux Mémoires, & que ceux-ci confirmant ou
expliquant les premiers, le mettoient
en état d'en tirer de nouvelles consequences & de faire de nouvelles découvertes, les premiers changemens
ne se trouverent plus suffisans, & il
previt qu'il seroit obligé de faire de
nouvelles corrections. M. *Delisle*
mettoit sa gloire, comme il me le
disoit lui-même, non à deffendre ses
opinions, mais à se hâter de reconnoître ses fautes, & de les corriger
lui-

lui-même, avant que les autres les
euſſent remarquées. De-là viennent
les variations qui ſe trouvent ſur ſes
Cartes au ſujet de certains Païs peu
connus. Ces variations ne lui ſeront
jamais reprochées que par ceux qui
ſont aſſez peu inſtruits de la Geographie, pour confondre les déter-
minations certaines fondées ſur les
obſervations Aſtronomiques, avec
les poſitions conjecturales déduites
du rapport vague d'Ecrivains, qui
s'expriment obſcurement & ſouvent
même avec peu d'exactitude. Sur cet
article même les variations de M.
Deliſle n'ont conſiſté ordinairement
que dans une plus grande diminution
de l'étenduë des Païs, que celle qu'il
avoit faite d'abord.

   M. *Deliſle* conſidérant ſon *Introduction à la Geographie*, comme un
Ouvrage deſtiné à rendre raiſon de
tous les changemens qu'il avoit faits
à la Geographie, ne pouvoit penſer
à le publier, qu'il n'eut porté la Geographie à un point de perfection, tel
qu'il n'eut plus de corrections importantes à y faire; & dès-là ſon Introduction devenoit un Ouvrage très-

G. DE-
L I S L E.

étendu, qui demandoit le travail &
la méditation d'un grand nombre
d'années, soit pour en ramasser,
soit pour en digerer les materiaux.

Il comptoit rassembler d'abord
tout ce que nous avons d'observations Astronomiques, tant en latitude qu'en longitude ; il y auroit
même joint celles des Geographes
Arabes, dont il avoit sçu tirer un
très-grand parti après ces observations Astronomiques. Il auroit donné les routiers des navigations importantes, dont il avoit ramassé un
très-grand nombre, soit comme supplement des observations, soit comme preuve de leur exactitude. Il
comptoit encore rectifier les routes
de ces navigations, par le soin qu'il
avoit eu de ramasser un nombre pro-
digieux d'observations de la variation de l'aiguille aimantée dans les
divers siécles, & dans les divers Païs.
A l'égard de ce dernier article, il se
flattoit de pouvoir, si non achever,
du moins avancer extrêmement le
systême des variations de l'aimant,
montrer quelle est dans le même
siécle la disposition des meridiens

magnetiques fur toute l'étenduë de notre Globe , & déterminer par les feules obfervations de la déclinaifon, quel eft le temps de la révolution périodique par laquelle ces meri-diens reviennent à la même fituation où ils étoient par rapport aux meri-diens du mouvement diurne. Vous fentez , mon R. P. quelle eut été l'importance de cette partie de fon Introduction , & combien elle eut facilité la navigation.

Après avoir ainfi déterminé l'éten-duë & la difpofition generale des differens Païs , des mers , des Ifles , des Caps célebres ; le gifement des côtes , leur figure , *&c. Guillaume Delifle* comptoit paffer à l'interieur de ces mêmes Païs , & marquer par les itineraires anciens & modernes , par les Relations des voyageurs , par les defcriptions Topographiques , par les Hiftoires , *&c.* la diftance & la fituation des Villes confidérables , fur lefquelles on n'avoit point d'ob-fervations , le cours des grandes Ri-vieres , la fuite & la direction des chaînes confidérables de montagnes , qui font prefque toutes la fépara-

G. De-
LISLE.

tion des differentes Nations, *&c.*

Vous voyez, mon R. P. qu'un Ouvrage de l'étenduë & de la difficulté de celui-ci, & duquel la Geographie réformée du P. *Riccioli* ne seroit devenuë qu'une petite partie, demandoit un temps considerable. Les Dissertations de M. *Delisle* publiées dans les *Mémoires de l'Academie des Sciences* sont des échantillons, qui font juger, combien il étoit dès lors en état d'executer cet Ouvrage. Cependant comme il vit que le public s'étoit non seulement accoutumé aux corrections qu'il avoit faites à la Geographie, mais qu'il en avoit même reconnu la nécessité, il ne crût pas devoir se hâter de publier un Ouvrage, qui vouloit être digeré & médité avec grand soin. Ayant toûjours joüi d'une santé ferme & vigoureuse, & se trouvant encore dans la force de l'âge, il pouvoit raisonnablement esperer une vie assez longue pour executer le projet qu'il avoit formé. Il n'avoit que 51. ans, lorsqu'il fut emporté par une mort subite. Les materiaux qu'il avoit rassemblez pour composer l'Ouvrage

qu'il projettoit , & qui m'ont pref- G. D e-
que tous paſſé ſous les yeux , mon- l i s l e.
trent combien l'execution en étoit
avancée , & combien elle lui eut été
facile. Ces materiaux rempliſſoient
plus de cent portefeüilles , partie *in-
fol.* partie *in-*4°.

On jugera aiſément par cette idée
ſimplement eſquiſſée de l'*Introduction à la Geographie* entrepriſe par
Guillaume Deliſle , ſi on la doit com-
parer à toutes ces Introductions , &
même à ces Geographies plus éten-
düës , qui ont paru juſqu'à preſent.
Je ne veux point diminuer le merite
de ces ſortes d'Ouvrages ; il y en a
pluſieurs parmi eux qui ont leur utilité pour inſtruire les jeunes gens , &
pour conduire les maîtres de Geographie. Mais dequoi ſervent de pareils
Ouvrages aux Geographes ? Que peu-
vent-ils leur apprendre ? Les moins
habiles d'entre eux ſçavent tout ce
que contiennent ces Introductions ,
& quand même M. *Deliſle* auroit été
ſuſceptible des ſentimens que lui im-
putent contre toute verité les Auteurs
de l'Eloge , il étoit trop inſtruit pour
croire que Meſſieurs *Sanſon* euſſent

G. De-rien perdu à faire imprimer une In-
BISLE. troduction, de laquelle ils ont debité trois éditions, & qui ne contenant
que les mêmes choses qui étoient
sur leurs Cartes, ne pouvoit apprendre à personne à en faire de meilleures.

Pardonnez - moi, mon R. P. la
longueur de cette Lettre. Il ne m'a
pas été possible de l'éviter, quoique
j'aye negligé de relever toutes les
personalitez & toutes les petitesses,
dont les Auteurs de l'Eloge de *Nicolas Sanson* ont rempli leur écrit, &
que je ne me sois attaché qu'aux seuls
points, dont l'éclaircissement pouvoit être de quelque importance
pour la Geographie.

J'ai l'honneur d'être, mon R. P.
votre, *&c.*

J'ajoûterai ici à cette curieuse &
sçavante Lettre la liste des pièces de
M. *Delisle* contenuës dans l'Histoire
& les Mémoires de l'Academie des
Sciences.

1. *Abregé d'une Dissertation sur une
ancienne communication de la Mediterranée & de la mer rouge.* Hist. de
l'Acad. de l'an 1702.

2. *Remarques sur sa Carte, intitulée :* G. De Theatrum Historicum. *Hist. de l'an* L I S L E. 1705.

3. *Conjectures sur la position de l'Isle de Meroe.* Mémoire de l'an 1708.

4. *Observations sur la variation de l'aiguille par rapport à la Carte de M. Halley ; avec quelques remarques Geographiques faites sur quelques* Journaux *de marine.* Ann. 1710.

5. *Justification des mesures des anciens en matiere de Geographie.* Ann. 1714.

6. *Sur la longitude du détroit de Magellan.* Ann. 1716.

7. *Remarques sur la Chine ancienne & moderne.* Hist. de l'an. 1718.

8. *Détermination Geographique de la situation & de l'étendue des differentes parties de la terre.* Ann. 1720.

9. *Détermination Geographique de la situation & de l'étendue des Pais traversez par le jeune Cyrus dans son expédition contre son frere Artaxerxés & par les dix mille Grecs dans leur retraite.* Ann. 1721.

10. *Remarques sur la Carte de la mer Caspienne envoyée à l'Academie par sa Majesté Czarienne.* Ibid.

G. DE-
LISLE.
11. *Examen & comparaison de la grandeur de Paris, de Londres, & de quelques autres Villes du monde, anciennes & modernes.* Ann. 1725.

12. *Sur la longitude de l'embouchure du fleuve Mississipi.* Ann. 1726.

Les Journaux des Sçavans nous presentent les pieces suivantes de sa façon.

1. *Remarques sur les Globes Céleste & Terrestre.* Journ. du 15. & du 22. Fevrier 1700.

2. *De quelques points principaux qui regardent la construction de ses Cartes.* Journ. du 8. Mars 1700.

3. *Lettre à M. Cassini sur l'embouchure de la Riviere de Mississipi.* Journ. du 17. May 1700.

4. *Lettre à M. Cassini; si la Californie est une Isle, ou une partie du continent.* Journ. du 24. May 1700.

5. *Lettre à M. Cassini sur la question que l'on peut faire, si le Japon est une Isle.* Journ. du 31. May 1700.

6. *Lettre sur la longitude de Paris.* Journ. du 7. Juin 1700.

7. *Réponse à la plainte de M. Nolin.* Journ. du 7. Juillet 1700. M. Delisle avoit accusé M. *Nolin* d'avoir pillé

ſes Cartes , comme il le juſtifia depuis   G. D**E**

devant les Commiſſaires nommez L I S L E.

par le Conſeil.

8. *Réponſe à la ſeconde Lettre de M. Nolin.* Journ. du 2. Août 1700.

9. *Lettre ſur ſa Carte de Hongrie & des Païs qui en dépendoient autrefois.* Journ. du 8. Juin 1703.

Il a donné outre cela dans les *Mémoires de Trevoux.*

1. *Lettre à un de ſes amis , dans laquelle il lui rend compte de la conſtruction de ſa Carte d'Eſpagne.* Juillet 1701. p. 215. & Sept. p. 240.

2. *Remarques ſur ſa Carte de France.* Avril 1703. p. 666.

3. *Remarques ſur ſes Cartes de la nouvelle Eſpagne , de la Floride , des Terres Angloiſes, & des Iſles de l'Amerique.* Ibid. p. 673.

RICHARD SIMON.

R. SI-
MON.

P. 237.
(234) MOnsieur de *la Martinie-re* a donné à la tête de son édition des Lettres de M. *Simon*, son parent, un éloge Historique très-étendu de cet Auteur, dont je rapporterai ici quelques traits. Cette édition qui a paru à *Amsterdam* en 1730. en 4. vol. *in-12.* a de plus que les précedentes, le quatriéme volume entier, qui avoit été joint ci-devant à la *Bibliotheque Critique* de M. *Simon*, publiée sous le nom de *Sain-jore*, & outre cela l'*Ordonnance du Cardinal de Noailles*, portant condamnation de sa traduction du nouveau Testament ; & sa *remontrance au Cardinal de Noailles* sur cette condamnation. C'est une negligence impardonnable, de n'avoir pas mis à la fin de cette édition une bonne table, qui put aider à trouver les choses qui sont comme enfévelies dans ces Lettres. Si jamais livre a eu besoin d'un semblable secours, c'est celui-là.

J'ai dit que M. *Simon* avoit été   R. SI-
ordonné Prêtre à *Paris* ; cette parti- MON.
cularité eft contredite par M. de *la
Martiniere*, qui fe fondant fur le recit de *Vigneul-Marville*, veut qu'il
l'ait été à *Meaux*. Ce qu'on lit dans
le premier volume des *mélanges d'Hiftoire & de Litterature* de cet Auteur,
p. 244. fur ce fujet eft fingulier, &
on fera peut-être bien aife de le trouver ici.

» M. *Simon* ayant toûjours retardé,
» lorfqu'il étoit chez les PP. de l'O-
» ratoire, à prendre l'Ordre de Prê-
» trife, à caufe de fes grandes & pro-
» fondes études, fut enfin obligé
» pour obéir à fon General, de par-
» tir de fa maifon de *Julli* en Brie, &
» fe rendre à *Meaux* pour fe faire
» Ordonner aux Quatre-Temps. Il y
» arriva après l'examen, environ fur
» le midi avec deux de fes Confreres.
» M. *de Ligny*, alors Evêque du Dio-
» cèfe, voyant arriver ces Peres à une
» heures induë, s'imagina que c'é-
» toient des ignorans qui vouloient
» le furprendre ; & dans cette penfée
» il recommanda à un de fes Exami-
» nateurs, qu'il avoit retenu à diner,

R. Si-
mon.

» de ne les pas épargner. Le signal
» donné, après les civilitez ordinai-
» res, l'Examinateur s'attachant à M.
» *Simon*, comme à celui de la troupe
» dont il se défioit le moins, lui dit
» d'un ton grave : Je ne vous deman-
» derai pas si vous sçavez du Latin :
» je sçai qu'on l'enseigne chez vous
» avec réputation, & selon la Me-
» thode nouvelle, & que vous avez
» des Ecoles, qui étant exemptes de
» Pedantisme, donnent de la jalousie
» à beaucoup d'autres. Quoiqu'il en
» soit, *Horace* aura toûjours ses diffi-
» cultez ; expliquez-moi sa premiere
» Satyre, ajoûta-t-il, en lui presen-
» tant le livre. M. *Simon* s'étant reti-
» ré d'affaire en galant homme, l'E-
» xaminateur lui dit : Et de la Philo-
» sophie vous en avez bonne provi-
» sion ? M. *Simon*, qui l'enseignoit
» actuellement, répondit avec mo-
» destie, que pour ce qui étoit de la
» Philosophie, il l'étudioit encore
» tous les jours. Là-dessus l'Exami-
» nateur lâche un argument cap-
» tieux. M. *Simon* le reçoit de bonne
» grace, le fend en deux par un subtil
» *distinguo*, & se sauve par la bréche.

» Vous avez de la Philofophie, dit R. S 1:
» l'Examinateur, donnez-vous feu- M o n.
» lement de garde d'une certaine
» Philofophie Cartefienne, bouruë
» & infenfée, qui empoifonne bien
» des gens. Je fuis Peripateticien
» pour la vie, répondit M. *Simon* en
» fouriant ; & moi pour de l'argent,
» repliqua l'Examinateur. Ce n'eft
» pas, pourfuivit-il, que fi *Defcartes*
» avoit écrit en Grec, d'un ftile très-
» obfcur, & qu'il fut ancien de deux
» mille ans, fes principes n'étant lûs
» ni entendus de perfonne, auroient
» plus d'approbateurs, que prefente-
» ment qu'il eft lû & entendu de
» tout le monde. Mais cela à part,
» vous fçavez de la Theologie ? je
» n'en doute pas. Vos premiers Peres
» étoient tous Docteurs & grands
» Theologiens ; & un Prêtre de l'O-
» ratoire fans Theologie, feroit moins
» qu'un Cordelier fans Latin. Ce mot
» dit avec gaïeté, l'Examinateur jette
» M. *Simon* fur les queftions du
» temps, & veut tenter fa foi : mais
» le trouvant orthodoxe, & nulle-
» ment Janfenifte, il abandonna ces
» queftions épineufes pour quelque

R. SI-» chose de plus solide. On trouve
MON. » assez, s'écria-t-il, on trouve assez
» de Philosophes & de Theologiens
» dans l'état Ecclesiastique ; mais on
» ne voit pas qu'on s'y applique aux
» Langues Orientales , & qu'on lise
» l'Ecriture Sainte dans sa source.
» Ah ! quelles délices, Monseigneur,
» ajoûta-t-il, en s'adressant au Pré-
» lat , de lire les livres sacrez en
» eux-mêmes , & que la langue He-
» braïque a de douceur & de charmes
» pour les Sçavans ! Le Prélat bais-
» sant un peu les yeux répartit : Je
» l'ai oüi dire de la sorte à Messieurs
» de *Muys* & de *Flavigny* , qui étoient
» de très-doctes Hebraïsans. L'Exa-
» minateur revenant à M. *Simon* , lui
» demanda s'il n'avoit point de goût
» pour cette belle Langue ? M. *Si-*
» *mon* , à qui l'eau en venoit à la bou-
» che , lui répondit qu'il en sçavoit
» les élemens , & qu'au reste il avoit
» eu toute sa vie un grand attache-
» ment à la lecture des livres sacrez.
» Que vous me réjoüissez, repliqua
» l'Examinateur , & qu'il se trouve
» peu de gens d'un esprit aussi droit
» & aussi bien tourné que le vôtre :

R. S I.
M O N.

» allez, puisqu'il est ainsi, je ne vous
» célerai pas ce que je sçai là-dessus.
» *Sermonem habes non publici saporis,*
» *& quod rarissimum est, amas bonam*
» *mentem, non fraudabo te arte se-*
» *creta.* Cependant dites-moi, com-
» ment la Genese s'appelle en He-
» breu ? *Hebraice,* dit M. *Simon,*
» c'est *Beresith.* La carriere ouverte,
» on entre en matiere, le combat se
» donne, on s'échauffe de part &
» d'autre, on crie à pleine tête, on
» cite les Polyglottes, les Rabbins
» anciens & modernes. L'Examina-
» teur étourdi d'une érudition si pro-
» fonde ne résiste qu'à demi. M. *Si-*
» *mon* le presse, le pousse, & ne lui
» fait point quartier. L'Examinateur
» chancelle, bronche & tombe. M.
» *Simon* le foule aux pieds, le déchire
» & le bat à terre. Le Prélat, qui
» mouroit de rire, prenoit plaisir à
» faire durer le combat. Le maître
» d'Hôtel ennuyé de la dispute,
» murmuroit disant tout bas qu'on
» avoit servi, & que la bisque se
» refroidissoit. Enfin M. *de Ligny*
» prenant pitié du vaincu, si bien
» frotté par le victorieux, donna sa

» benediction à M. *Simon*, l'assurant
» que le lendemain il donneroit les
» Ordres à lui & à ses confreres sans
» d'autre examen. Cela dit le Prélat
» se mit à table ; l'Examinateur s'ap-
» procha du feu pour essuyer sa
» sueur, & M. *Simon* riant dans sa
» barbe se retira à son logis avec sa
» compagnie.

M. de *la Martiniere* ajoûte à ce recit,
que M. *Simon* étoit petit & d'une
Physionomie qui ne prévenoit pas en
sa faveur, & qu'on ne pouvoit pas
dire de lui ce que l'on a dit de
quelques autres, que la nature leur
avoit écrit sur le visage des lettres de
recommandation. Lorsqu'il ne par-
loit pas, il étoit très-difficile de de-
viner qu'il eut autant d'esprit qu'il
en avoit effectivement.

M. *Simon* composa son *Factum
pour le Prince de Neubourg*, *Abbé de
Fescamp*, pour faire plaisir au P. *Verjus* de l'Oratoire, frere du fameux P.
Verjus Jesuite, & depuis Evêque de
Grasse qui étoit alors grand Vicaire
du Prince de *Neubourg*, & en cette
qualité avoit entrepris de défendre
les droits contre les Moines de son
Ab-

Abbaye. Mais comme il ignoroit R. S 1-
l'art de menager ceux contre qui il M O N.
écrivoit, & qu'il ne se piquoit pas
de cette politesse, qui est souvent
peu familiere aux Sçavans, il se déchaîna avec fureur contre les Bene-
dictins, & lança contre eux des
traits, qui les engagerent à s'en
plaindre au P. de *Sainte Marthe* General de l'Oratoire.

Les chagrins qu'on lui causa à
l'occasion de son Histoire Critique
l'ayant engagé à sortir de l'Oratoire
en 1678. il se retira à *Bolleville*,
village du Païs de Caux, où il avoit,
suivant M. de *la Martiniere*, un Benefice, dont il joüissoit deux ans
avant la publication de son livre.
Il ne quitta pas cette Cure en 1681.
comme je l'ai dit, mais seulement
l'année suivante. Car on a une Lettre de lui, qui est dattée de *Bolle-*
ville le 20. Mars 1682. Alors il se
retira à *Dieppe*, d'où après un séjour
assez court, il revint à *Paris*, non
pas pour s'y fixer, mais afin d'y prendre des arrangemens pour ses études,
& pour l'impression de quelques
Ouvrages.

R. Si-
mon.

Sa résidence ordinaire fut depuis à *Dieppe* jusqu'à l'an 1694. que cette Ville fut bombardée. M. *Simon* son frere y perdit une maison ; lui-même eut le malheur d'y perdre une partie de ce qu'il avoit de plus précieux ; sçavoir des livres, & des papiers, qui perirent dans l'incendie ; ses parens & ses amis se disperserent de côté & d'autre ; tout cela l'engagea alors à venir se fixer à *Paris* ; & au lieu qu'auparavant il faisoit son principal séjour en Province, & ne venoit à *Paris*, que lorsque ses affaires l'y appelloient ; ce fut le contraire dans la suite, & il n'alla plus en Province que pour ses affaires particulieres, ou pour voir ses amis.

Il y avoit déja quelque temps qu'il étoit retourné à *Dieppe*, & qu'il y vivoit dans une retraite d'autant plus grande que son humeur étoit ennemie du bruit & du fracas, lorsqu'il fut attaqué de la maladie dont il mourut. M. de *la Martiniere* nous instruit de ce qui en fut l'occasion. Il avoit avec lui des amas considérables d'Observations sur l'Ecriture Sainte, & on le sçavoit bien. L'Intendant, à qui on l'avoit rendu

suspect, l'ayant fait venir, le ques- R. Si-
tionna sur les Ouvrages ausquels il MON.
travailloit, & soit sans dessein, soit
pour quelque raison particuliere lâ-
cha quelques paroles qui firent
croire à M. *Simon*, qu'on vouloit
se saisir de ses papiers, sous prétexte
de les examiner. Dans le trouble où
cette crainte le jetta, il remplit de
ces papiers plusieurs gros tonneaux,
& les ayant fait rouler durant la nuit
dans une prairie, par dessus les murs
de la Ville qui sont fort bas de ce
côte-là, il y mit le feu, & les ré-
duisit en cendres; sans avoir fait part
de son dessein à ses amis, qui auroient sans doute trouvé de meilleurs moyens de sauver ces écrits
des recherches qu'il apprehendoit.
Le regret d'une perte si considérable
pour lui, & l'agitation où il avoit
été en prenant & en executant une
telle résolution lui causerent une
fiévre, qui le conduisit au tombeau.
Il mourut au mois d'Avril 1712,
dans sa 74. année.

Voici le caractere qu'en donne
M. de *la Martiniere*. » Il étoit petit,
» d'une physionomie peu prévenan-

R. Si-
M O N.

» te, plein de feu, d'un efprit vif,
» & malgré cela capable d'une très-
» forte attention. Il avoit une mé-
» moire prodigieufe, un grand fond
» de gaïeté naturelle fervoit de con-
» trepoids à l'humeur fombre & fe-
» rieufe, qui femble être attachée au
» genre d'étude qu'il avoit embraffé.
» Il étoit bon ami, & affidu à entre-
» tenir une correfpondance reglée
» avec les gens de Lettres, qui l'ho-
» noroient de leur eftime. Paffionné
» pour la Religion Catholique, il
» mettoit de la difference entre les
» écrits & les perfonnes des Protef-
» tans ; & quoiqu'il combatit vive-
» ment leurs opinions, il ne laiffoit
» pas d'avoir parmi eux d'illuftres
» amis, avec qui il s'entretenoit par
» Lettres ou de vive voix avec une
» cordialité très-eftimable. Il étu-
» dioit ordinairement couché fur un
» tapis fort épais avec quelques couf-
» fins. Il avoit par terre auprès de lui
» une écritoire, du papier, & les li-
» vres qu'il vouloit confulter. Il man-
» geoit rarement le foir, & vivoit
» avec une fi grande fobrieté qu'il
» prenoit à peine affez d'alimens
» pour fe foutenir.

L'Epître dédicatoire de la seconde édition des *cérémonies & coûtumes des Juifs* trad. de *Leon de Modene* faite à *Paris* en 1681. n'est pas de M. *Simon*, mais de M. *Fremont d'Ablancourt*, qui s'en chargea à la priere de la veuve *Bilaine*, qui faisoit la dépense de l'impression. Ainsi il ne faut pas mettre sur le compte du premier le galimathias pompeux dont elle est remplie : Elle est adressée à M. *Bossuet*, Evêque de *Meaux*.

Lorsque l'*Histoire critique* imprimée pour la premiere fois à *Paris* eut été supprimée, *Elzevier* tâcha d'en avoir un exemplaire imprimé pour le faire réimprimer en Hollande ; mais ses efforts furent inutiles. Quelque temps avant la suppression, l'Auteur en avoit fait donner chez l'Imprimeur deux exemplaires à M. *Justel*, dont l'un fut envoyé à Mylord *Clarendon*, & l'autres à M. *Compton*, Evêque de *Londres*. La Duchesse *Mazarin* fit copier par son Chapelain un de ces exemplaires, & c'est sur cette copie que fut faite l'édition d'*Elzevier* ; copie défectueuse, mais que le public reçut

R. S I avec d'autant plus d'avidité, que
M O N. l'Ouvrage faisoit beaucoup de bruit,
& qu'on desesperoit d'avoir l'édition
de *Paris* faite sous les yeux de l'Auteur. *Noel-Aubert de Versé* se chargea aussi-tôt d'en faire une traduction
Latine, qui fut imprimée à *Amsterdam* en 1681. in-4°. Cette traduction
ne plut ni à M. *Simon*, ni aux personnes habiles ; car outre qu'elle
étoit faite sur l'édition d'*Elzevier*,
qui n'étoit rien moins qu'exacte, le
Traducteur, qui n'étoit pas assez au
fait des matieres, s'ingera d'y faire
de son chef des changemens, qui gâ-
toient l'Ouvrage, aussi n'eut-elle aucun succès. Cependant l'édition d'*Elzevier* fut bien-tôt enlevée, & il en
parut une troisiéme conforme à celle
de *Paris* en 1685. à *Rotterdam*, &
non pas à *Amsterdam*, comme je l'ai
mis par inadvertance.

L'*Histoire critique du nouveau Testament* de M. *Simon* a été attaquée par
un Ministre nommé *Antoine Coulan*,
qui né à *Alais* en Languedoc le 10.
Octobre 1667. composa la plus
grande partie de son Ouvrage, consis-
tant en 16. Lettres, chez son pere,

qui étoit Ministre en Hollande, & R. S⸗
l'acheva à *Londres*, où il fut appellé MON.
en qualité de Pasteur d'une Eglise
Françoise, & où il mourut le 23.
Septembre 1694. Avant sa mort il
avoit envoyé sa Critique à son pere,
qui la fit imprimer sous ce titre :
Examen de l'Histoire Critique du nou-
veau Testament, divisé en deux parties:
Dans la premiere, on traite la question
de l'autorité de l'Ecriture & de la Tra-
dition: Dans la seconde on traite diver-
ses questions de Critique. Amsterdam.
1696. in-8°. Cet Ouvrage qu'on voit
facilement être d'un jeune homme,
est demeuré dans sa premiere obscu-
rité, quoiqu'on ait tâché de l'en tirer en rajeunissant son titre, pour
le remettre dans le commerce.

La *Critique de la Bibliotheque des*
Auteurs Ecclesiastiques & des Prolego-
menes de la Bible, publiée par M. Ellies
du Pin ; avec des éclaircissemens &
des supplémens aux endroits, où on les
a jugez nécessaires ; par feu M. Richard
Simon a paru à Paris 1730. in-8°. 4
vol. C'est un Ouvrage fort super-
ficiel.

M. *Justel* & M. *Fremont d'Ablan-*

R. SI-*court* engagerent M. *Simon* dans une
MON. entreprife, qui auroit eu des fuites,
fi divers contre-temps ne l'avoient
traverſée. Il nous donne lui-même
un détail de cette affaire dans ſa
Réponſe à la défenſe des ſentimens de
quelques Theologiens de Hollande, p.
77. où il parle ainſi.

» L'an 1676. les Miniſtres & an-
» ciens de *Charenton* réſolurent de
» faire une nouvelle verſion de l'E-
» criture Sainte. M. *Juſtel* en parla
» pluſieurs fois à M. *Simon*, & il lui
» marqua, même fort ingénuëment,
» que ſes gens, parlant de Meſſieurs
» de *Charenton*, n'étoient pas capa-
» bles de cette entrepriſe. M. *Simon*
» lui répondit qu'il y penſeroit, &
» qu'il avoit beaucoup travaillé ſur
» cette matiere. En effet peu de jours
» après il lui donna le plan, qui eſt
» imprimé dans ſa Critique, tou-
» chant la methode qu'on devoit ſui-
» vre, pour faire une bonne verſion
» de la Bible. M. *Juſtel* ne manqua
» pas de le communiquer à ces Meſ-
» ſieurs, qui demeurerent d'accord
» qu'il falloit donner au public une
» Bible Françoiſe, qui ne favoriſât
aucun

» aucun parti , & qui peut être éga-   R. S1-
» lement utile aux Catholiques & MON.
» aux Proteftans. On pria M. *Simon*
» de traduire quelques chapitres fe-
» lon le plan qu'il avoit propofé, afin
» de fervir de régle à ceux qui entre-
» prendroient ce travail. Ayant trou-
» vé même quelque temps après chez
» M. *Juftel*, M. *Claude* & M. *Fremont*,
» il s'entretint avec eux fur un nou-
» veau deffein, & ils lui témoigne-
» rent qu'ils avoient réfolu de parta-
» ger entre eux toute la Bible, & que
» chacun en traduiroit une partie. Si
» je m'en fouviens, le Pentateuque
» échût à M. *Claude*.

» Vers ce temps-là il arriva que
» Meffieurs de *Geneve*, qui fongeoient
» auffi de leur côté à publier une Bi-
» ble Françoife, en envoyerent à
» leurs Freres de *Paris* le projet, avec
» une feuille imprimée, qui conte-
» noit le commencement de la Gene-
» fe, & des notes de leur façon. M.
» de *Fremont* apporta cette feuille à
» M. *Simon*, pour en faire la Criti-
» que, ce qu'il fit à l'heure même.
» On envoya cette Critique, en y
» changeant peu de chofes, à ces

R. S 1-» Meſſieurs de *Geneve*, & on les
M O N. » avertit de la methode qu'on de-
» voit garder pour faire une bonne
» verſion. C'eſt ce qui leur donna
» occaſion de dire que les Miniſtres
» de *Paris* adoptoient les ſentimens
» des *Papiſtes*. Mais le plus fort de
» leur diſpute ne rouloit pas tánt
» ſur la maniere dont on devoit tra-
» duire l'Ecriture, que ſur un fond
» de ſoixante mille livres qu'un bon
» Suiſſe avoit deſtiné à cet Ouvrage,
» & que chacune de ces deux Egli-
» ſes, de *Charenton* & de *Geneve* vou-
» loit attirer à ſoi.

On voit par ce recit que M. *le Clerc* a eu tort de dire, dans ſes *ſentimens de quelques Theologiens de Hollande*, que M. *Simon* s'étoit engagé à Meſſieurs de *Charenton*, moyennant une promeſſe de douze mille livres, à faire une nouvelle verſion de la Bible ; qu'après trois mois d'eſſai qu'il employa à traduire un chapitre de *Job* & un autre des Proverbes, en y joignant des remarques, cette affaire fut rompuë au grand regret du Traducteur ; que cela fut cauſe qu'il ſe brouilla avec Meſſieurs de

Charenton , & fe déchaîna enfuite
contre les Proteſtans; particularitez
fauſſes dans toutes leurs parties.

PIERRE HEYLIN.

P. 311.
(304) M Iſſon dans la Préface de
ſon *Voyage d'Italie* parle
ainſi de ſa *Coſmographie* : Cet homme
docte, d'ailleurs & digne d'eſtime,
mais né avec un préjugé contre les
François qui l'aveugle & le domine,
n'en conçoit que des idées ſi fauſſes
que cela fait pitié. Il décide de tout
ce qui ſe fait en France, en arrivant
dans un méchant Cabaret à *Dieppe* ,
& perpétuellement travaillé de ſon
antipathie, comme d'une fiévre chau-
de & furieuſe, on voit que nature
pâtit en lui , quand il eſt forcé de
dire quelque bien de ceux-même
qui lui ont rendu de bons offices,
& qu'il eſt dans ſon élement, quand
en general & à ſon ordinaire il dit
du mal de nous. Je n'ai jamais ren-
contré d'homme ſi terrible ſur cet
article.

Ajoûtez à ſes Ouvrages le ſui-

G ij

P. HEY-
LIN.

vant, qui eſt en Anglois, comme tous les autres.

Extraneus vapulans, ou l'obſerva-teur défendu contre les violentes, mais vaines attaques d'Hamon l'Eſtrange & du Docteur Bernard. Londres 1656. in-12.

GILLES MENAGE.

G. ME-
NAGE.

P. 321.
(314)

Monſieur *Chapelain* dans ſa *Liſte des gens de Let-tres*, fait ainſi le portrait de *Menage*.

Menage plus ſçavant qu'*Hedelin* dans les deux Langues anciennes; mais beaucoup moins habile dans les choſes & dans le raiſonnement; faiſant ſeulement profeſſion de Criti-que pour le langage, & non pour le ſçavoir, ni Hiſtorique, ni Poëti-que, ni Philoſophique. Auſſi n'a-t-il jamais rien fait de lui-même, qui ne fut ou imité, ou dérobé d'autrui; comme l'ont convaincu ceux à qui il a eu affaire, & qu'il a provoquez par ſon procédé mépriſant & mor-dant. Son ambition eſt de paſſer pour conſommé dans le Grec & dans le

Latin, dans le François & dans l'Ita- G. Me-
lien ; dans lesquelles Langues il a n a g e.
affecté de faire des vers, qui sont
bons, parce qu'ils sont composez de
lambeaux d'Auteurs, que son travail
& sa mémoire, qui lui tiennent lieu
d'esprit & de sens, lui fournissent. Sa
hardiesse néanmoins, & l'assemblée
qu'il tient chez lui une fois la semai-
ne, lui donnent quelque rang entre
les Lettrez, qu'il se conserve avec le
soin le plus grand du monde, toûjours prêt de rompre avec ceux qui
ne sont pas dans ses passions & dans
ses sentimens. Il n'est capable d'aucune entreprise, où il faille du dessein, de l'ordre, de l'haleine, & de
l'élevation, & tout son fait se réduit
à une Elegie, à une Epître, à une
Epigramme. La vie de *Mamurra* est
une pure copie de celle de *Diogene
Laerce*, & n'est bonne que par-là.

ADRIEN RELAND.

P. 343.
(336.) A Joûtez à ses Ouvrages. A. Re-
Hadriani Relandi Elegia ad Ill. & l a n d.

G iij

A. RE-
LAND. Rev. D. Dominicum *Paſſioneum, quum inter Harderovicum & Daventriam curru excuſſus, & alliſus ſolo crus læſiſſet.* Cette piece, qui contient 44. vers, eſt du 19. Decembre 1708. & fut imprimée alors en une feuille volante. Les Journaliſtes de *Veniſe* l'ont inſerée depuis dans le 32. volume de leur Journal, p. 21.

JACQUES BERNARD.

J. BER-
NARD. P. 142. (138) *Lettre à M. Bernard, Paſteur de Leyde ſur l'Apologie de Fred. Aug. Gabillon, Moine défroqué. Amſterdam* 1708. *in-8°.* On a attribué ces Lettres à M. *Bernard* même, qui ne les a faites à ce qu'on prétend, que pour prouver par des témoignages inconteſtables, ce qu'il avoit avancé dans la *République des Lettres* Novembre 1707. p. 573. que le Sieur *Gabillon* s'étoit fait paſſer en Angleterre pour M. *le Clerc*, & avoit trompé pluſieurs perſonnes. On peut voir cette avanture dans la vie de M. *le Clerc Marchand, notes ſur les Lettres de Bayle.*

CHANGEMENS, CORRECTIONS
& Additions.

Pour le Tome second.

DANIEL GEORGE MORHOF.

P. 25. AU Catalogue de ses Ou-   **D. G.**
vrages ajoûtez celui-ci.   Morhof.
De pura dictione Latina liber. Joannes-Laurentius Mosheim édidit & notas adjecit. Hanoveræ 1725. *in-8°.*
L'Editeur avoüe que l'Auteur n'a pas
mis la derniere main à cet Ouvrage,
auquel il manque beaucoup de choses, & qu'en prescrivant aux autres
des régles pour parler purement, il
ne le fait pas lui-même ; mais cela
n'empêche pas qu'il n'y ait dans son
livre de bonnes choses, qui peuvent
être utiles, & c'est ce qui la engagé
à le tirer de la poussiere, où il étoit
resté depuis la mort de *Morhof*, qui
n'avoit pas eu le temps de l'achever
& de le publier.

LOUIS ELLIES DU PIN.

L. E. du P. **39.** IL y a une nouvelle édition
PIN. de son *Optat* indiqué au
N°. 8. *Gabr. Albaſpinæi, Mer. Ca-
ſauboni, Caſp. Barthii & aliorum notis
ſingulis Paginis in hac éditione ſubjunc-
tis. Antuerpiæ* 1702. *in-fol.*

N°. 22. Il a paru un ſecond volume de ſon *Traité Hiſtorique des Ex-
communications,* à *Paris* en 1719. *in-*
12. La premiere & la ſeconde parties
contenuës dans le premier volume
ſont employées, l'une à montrer
l'ancienne diſcipline, l'autre la diſcipline moderne de l'Egliſe touchant
les diverſes eſpeces, les cauſes, les
manieres, & les effets des Excom-
munications. La troiſiéme partie contenuë dans ce ſecond a principalement pour but de marquer les juſtes
bornes entre la puiſſance du Pape,
& celle des autres Evêques par rapport à la Juriſdiction Eccleſiaſtique,
ſurtout en matiere d'excommunica-
tion. L'Auteur a terminé ſes recherches par quantité d'extraits de pieces

autentiques faites au sujet de la Cons- L. E. DU
titution *Unigenitus*, qui font sentir, PIN.
dit la Préface, la conformité des
usages presens de l'Eglise Gallicane
avec la discipline de tous les siécles
de l'Eglise. Ces extraits tiennent la
moitié de ce volume.

N. 23. Sa *Methode pour étudier la
Theologie* a été traduite en Latin par
M. *Christell*, & imprimée en cette
Langue à *Augsbourg* en 1722. avec
une Préface de M. *Frick*, où l'on
trouve l'Histoire de l'Auteur & de
ses Ouvrages. (*Bibl. Rais.* tome 1.
p. 260.

On voit dans le *Journal de Venise*,
tom. 30. p. 322. une Lettre de M.
du Pin à *François-Antoine de' Si-
meoni*, qui dans son livre *de Romani
Pontificis judiciaria Potestate*, imprimé
à *Rome* en 1717. *in-4°.* avoit attaqué
& entrepris de réfuter son livre de
l'ancienne discipline de l'Eglise.
Cette Lettre, qui est en Latin & fort
courte, est dattée de *Paris* le 10.
Mars 1718. Il s'y plaint de la maniere
dont il l'a traité & promet de lui répondre ; il ne l'a pas fait cependant,
peut-être n'en ayant pas eu le temps,
parce qu'il mourut l'année suivante.

JACQUES BERNOULLI

P. 63. Les pieces de sa façon, qui se trouvent dans le Journal de *Leipsic*, sont les suivantes.

1. *Examen Machinæ Urinatoriæ à Borello excogitatæ. Ex Diario Eruditorum Parisiensi anno* 1683. *desumptum.* Ann. 1683. p. 553.

2. *Nova ratio aeris ponderandi; excerpta ex Ephemeridibus Parisiensibus* 1684. An. 1685. p. 433.

3. *Examen ponderationis aeris per Vesicam; ex Ephemeridibus Parisiensibus* 1685. An. 1685. p. 436.

4. *Dubium circa causam gravitatis à rotatione Vorticis terreni petitam.* An. 1686. p. 91.

5. *Solutio difficultatis contra propositionem quandam mechanicam.* An. 1686. p. 96.

6. *Narratio controversiæ inter Dn. Hugenium & Abbatem Catelanum agitatæ de centro Oscillationis.* An. 1686. p. 356.

7. *Demonstratio rationum quas habent series numerorum naturali progressione*

sese insequentium, vel quadratorum, J. BER-
cubicorum, &c. ad series numerorum NOULLI.
totidem maximo æqualium. An. 1686.
p. 360.

8. Examen perpetui mobilis Parisiis
publicati, & in novellis Reip. Litterariæ Roterodamensibus mense Novembri
1686. ad discutiendum propositi. An.
1686. p. 623. An. 1687. p. 314. An.
1688. p. 591.

9. Solutio Algebraica problematis de
Quadrisectione Trianguli scaleni per
duas Normales rectas. An. 1687. p.
617.

10. Nova ratio Metiendi altitudines
nubium. An. 1688. p. 98.

11. Animadversio in Geometriam
Cartesianam, & constructio quorumdam
problematum Hypersolidorum. Ann.
1688. p. 323.

12. De Invenienda cujusque plani
declinatione, ex unica observatione
projecta à stylo umbræ. An. 1689. p.
311.

13. Vera constructio Geometrica problematum solidorum & Hypersolidorum,
per rectas lineas & circulos. An. 1689.
p. 311.

14. Novum Theorema pro doctrina

J. Ber-*sectionum Conicarum.* An. 1689. p.
noulli. 586.

15. *Analysis problematis de inven-
tione lineæ descensus à corpore gravi
percurrendæ uniformiter, sic ut tempo-
ribus æqualibus æquales altitudines eme-
tiatur, & alterius cujusdam problematis propositio.* An. 1690. p. 217.

16. *Quæstiones nonnullæ de usuris,
cum solutione problematis de sorte Alearum, propositi in Ephemeridibus Galli-
cis anni 1685. art. 25.* An. 1690. p.
219.

17. *Specimen calculi differentialis in
dimensione Parabolæ Helicoidis, ubi de
flexuris curvarum in genere, earum-
dem evolutionibus aliisque.* An. 1691.
p. 13.

18. *Specimen alterum calculi differentialis in dimetienda spirali Loga-
rithmica, Loxodromiis nautarum, &
Areis Triangulorum Sphæricorum, una
cum additamento quodam ad Problema
funicularium.* An. 1691. p. 282.

19. *Demonstratio centri Oscillatorii
ex natura Vectis.* An. 1691. p. 317.

20. *Additamentum ad solutionem
Causticæ fratris Joannis Bernoulli, una
cum Meditatione de natura evoluta-*

rum, & variis Ofculationum generibus.   J. Ber-

An. 1692. p. 110.   NOULII.

21. *Curvatura Veli.* An. 1692. p. 202.

22. *Lineæ Cycloidales, Evolutæ, Ant-Evolutæ, Caufticæ, Anti-Caufti-cæ, Peri-Caufticæ. Earum ufus & fim-plex relatio ad fe invicem. Spira Mira-bilis. Aliaque.* An. 1692. p. 207. & 291.

23. *Ænigmatis Florentini folutiones variæ infinitæ.* An. 1692. p. 370.

24. *Solutio Problematis de Minimo crepufculo.* An. 1692. p. 446.

25. *Curvæ diacaufticæ, earumque relatio ad evolutas, aliaque nova his affinia. Item natura Ofculorum uberius explicata. Celeritates Navium definitæ. Regulæ pro refiftentiis, quas figuræ in fluido motæ patiuntur.* An. 1693. p. 244.

26. *Solutio Problematis fraterni.* An. 1693. p. 257.

27. *Curvatura laminæ Elafticæ. Ejus identitas cum curvatura lintei à pon-dere inclufi fluidi expanfi. Radii cir-culorum ofculantium in terminis fimpli-ciffimis exhibiti, una cum novis qui-*

J. Ber-*busdam Theorematis huc pertinentibus.*
noulli. An. 1694. p. 262.

28. *Solutio Problematis Leibnitiani de curva Accessus & Recessus æquabilis à puncto dato, mediante rectificatione curvæ Elasticæ.* An. 1694. p. 276.

29. *Solutio curvæ Accessus & Recessus æquabilis ope rectificationis curva cujusdam Algebraicæ, addenda præcedenti solutioni.* An. 1694. p. 336.

30. *De Methodo Tangentium inversa, quousque tum in communi, tum in reconditioris Geometriæ potestate sit & non sit.* An. 1694. p. 391.

31. *Solutiones Problematis Physico-Mathematici.* An. 1695. p. 65.

32. *Explicationes, Annotationes, & Additiones ad ea quæ in Actis anni 1694. de curva Elastica, Isochrona Paracentrica, & Velaria, hinc inde memorata, & partim controversa leguntur, ubi de linea mediarum directionum, aliisque novis.* An. 1695. p. 537.

33. *Observatiuncula ad ea quæ in Actis anni 1695. mense Novembri de de dimensionibus curvarum publicata leguntur Autore D. T.* An. 1696. p. 260.

J. BER-
NOULLI.

J. BER-
NOULLI.

43. *Quadratura Zonarum Cycloidalium demonstrata* An. 1699. p. 427.

44. *Solutio Problematis Isoperimetrici.* An. 1700. p. 261.

45. *Nova Methodus expedite determinandi radios Osculi seu curvaturæ in curvis quibusque Algebraicis.* An. 1700. p. 408.

46. *Quadratura Zonarum Cycloidalium promota : Problema item centri gravitatis sectoris solidi Cycloidici solutum.* An. 1700. p. 551.

47. *Analysis magni Problematis Isoperimetrici.* An. 1701. p. 213.

Dans le Journal des Sçavans.

1. *Examen de la Machine pour respirer sous l'eau du Sieur Borelli.* Journ. du 16. Août 1683.

2. *Lettre sur le démêlé de M. l'Abbé Catelan avec M. Huygens sur le centre d'oscillation.* Journal. du 24. Avril 1684.

3. *Nouvelle Machine pour peser l'air.* Journ. du 31. Juillet. 1684.

4. *Examen de la maniere de peser l'air dans une vessie.* Journ. du 18. Juin 1685.

5. *Lettre sur une singularité de Physique.* Journ. du 17. Sept. 1685.

6. *Let-*

6. *Lettre contenant la maniere d'ap-* J. Ber-
prendre les Mathematiques aux aveu- noulli.
gles. Journ. du 19. Novembre 1685.

7. *Lettres & avis sur la solution de*
quelques Problêmes, & sur sa dispute
avec son frere. Journ. du 17. Fevrier, du 26. May, du 4. & 11. Août
1698.

Dans les Mémoires de Trevoux.

Nouvelle Methode pour déterminer
aisement les rayons de la développée
dans toutes sortes de courbes Algebrai-
ques. May 1701: p. 223. Cet article
est tiré du Journal de *Leipsic* 1700.
p. 508.

Dans l'Histoire de l'Academie des
Sciences.

1. *Section indefinie des Arcs circu-*
laires, en telle raison qu'on voudra,
avec la maniere d'en déduire les sinus,
&c. An. 1702.

2. *Démonstration generale du centre*
de balancement ou d'oscillation, tirée de
la nature du Levier. An. 1703.

3. *Application de sa régle du centre*
de balancement à toutes sortes de figures.
Ibid.

4. *Démonstration du principe de M.*
Huygens, touchant le centre de balance-

Tome X. Part. II. H

J. BER-*ment, & de l'identité de ce centre avec*
NOULLI. *celui de percuſſion.* An. 1704.

5. *Veritable Hypotheſe de la reſiſtan-*
ce des ſolides, avec la démonſtration de
la courbure des corps, qui font reſſort.
Année 1705.

GODEFROY-GUILLAUME
DE LEIBNITZ.

G. G. DE   *P.* 77.   **M**Onſieur *de Leibnitz* a eu
LEIB-   dans ſa jeuneſſe un ba-
NITZ.   tard, qui a depuis demeuré avec lui,
le ſervoit en pluſieurs choſes, & en
qui il avoit beaucoup de confiance.
Il s'appelloit *Guillaume Dinniger,* &
lui reſſembloit. L'Auteur du *Recüeil*
de Litterature imprimé à *Amſterdam*
en 1730. qui nous apprend cette par-
ticularité, en ajoûte un autre, qui
n'eſt pas ſi croyable; qui eſt que M.
de Leibnitz refuſa la charge de Bibliothecaire du Vatican, que le Cardinal
Caſanata lui offrit, pendant qu'il
étoit à *Rome.*

Pieces de ſa façon inſerées dans le
Journal des Sçavans.

1. *Extrait d'une Lettre touchant le*

principe de juſteſſe des horloges portati- G. G. DE
ves de ſon invention. Journ. du 25. L E I B-
Mars 1675.   N I T Z.

2. *Lettre écrite d'Hanovre le* 18.
Juin 1677. *contenant la Relation & la
figure d'un Chevreuil coëffé d'une maniere fort extraordinaire.* Journ. du 5.
Juillet 1677.

3. *Obſervation nouvelle de la maniere d'eſſayer ſi un nombre eſt primitif.*
Journ. du 28. Fevrier 1678.

4. *Lettre touchant la quadrature d'u-
ne portion de la Roulette.* Journ. du
23. May 1678.

5. *Lettre ſur la queſtion : ſi l'eſſence
du corps conſiſte dans l'étenduë.* Journ.
du 18. Juin 1691 & du 5. Janvier
1693.

6. *De la chainette, ou ſolution d'un
Probléme fameux, propoſé par Galilée,
pour ſervir d'eſſai d'une nouvelle Analyſe des infinis, avec ſon uſage pour les
Logarithmes, & une application à l'a-
vancement de la navigation.* Journ.
du 31. Mars 1692.

7. *Lettre ſur quelques Axiomes de
Philoſophie.* Journ. du 2. Juin 1692.

8. *Nouvelles remarques touchant
l'Analyſe des tranſcendantes, differen-*

H ij

G. G. DE *tes de celles de la Geometrie de M. Def-*
L E I B- *cartes.* Journ. du 14. Juillet 1692.
N I T Z.   9. *Conjectures fur l'origine du mot*
Blafon. Journ. du 28. Juillet. 1692.

10. *Lettre à M. l'Abbé Nicaife fur*
la Philofophie de M. Defcartes. Journ.
du 13. Avril 1693.

11. *Lettre à M. Foucher, Chanoine*
de Dijon. Journ. du 3. Août 1693.

12. *Regle generale de la compofition*
des mouvemens. Journ. du 7. Septembre 1693.

13. *Deux Problêmes conftruits par*
M. de Leibnitz, en employant fa régle
generale de la compofition des mouve-
mens. Journ. du 14. Sept. 1693.

14. *Lettre fur une maniere de perfec-*
tionner la Médecine. Journ. du 26.
Juillet 1694.

15. *Confidérations fur la difference*
qu'il y a entre l'Analyfe ordinaire, &
le nouveau calcul des tranfcendantes.
Journ. du 23. Août 1694.

16. *Syftême nouveau de la nature &*
de la communication des fubftances,
auffi-bien que de l'union qu'il y a entre
l'ame & le corps. Journ. du 27. Juin
& du 4. Juillet 1695.

17. *Eclairciffement du nouveau fyftê*

me de la communication des substances , G. G. DE
pour servir de réponse à ce qui en a été L E I B-
dit dans le Journal des Sçavans du N I T Z.
12. *Septembre* 1695. Journ. du 2. &
du 9. Avril 1696.

18. *Lettre sur la connexion des mai-*
sons de Brunsvic & d'Este. Journ. du
12. Mars 1696.

19. *Lettre de M. de Leibnitz sur*
son Hypothese de Philosophie, & sur le
Problême curieux , qu'un de ses amis
propose aux Mathematiciens , avec une
remarque sur quelques points contestez
entre l'Auteur des principes de Physi-
que , & celui des objections contre ces
principes. Journ. du 19. Novembre
1696.

20. *Lettre à M. l'Abbé Nicaise sur*
la Philosophie de Descartes, avec des
réflexions. Journ. du 17. Juin 1697.

21. *Réponse aux réflexions preceden-*
tes touchant les consequences de quelques
endroits de la Philosophie de Descartes.
Journ. du 19. & du 26. Août 1697.

22. *Lettre à M. de Varignon , conte-*
nant l'explication de ce qu'on a rapporté
de lui sur le calcul differentiel dans les
Mémoires de Trevoux , Novembre
1701. Journ. du 20. Mars 1702.

G. G. DE 23. *Remarque sur un endroit des éle-*
L E I B- *mens d'Algebre de M. Ozanam.* Journ.
N I T Z. *du* 11. *Juin.* 1703.

24. *Réponse aux objections que le P. Lamy, Benedictin, a faites contre le systême de l'harmonie préetablie.* Suppl. du Journ. Juin 1709.

Pieces inserées dans le Journal de Leipsic.

1. *De Vera proportione circuli ad Quadratum circumscriptum in numeris rationalibus.* An. 1682. p. 41.

2. *Unicum Opticæ, Catoptricæ, & Dioptricæ Principium.* An. 1682. p. 185.

3. *Meditatio de separatione salis & aquæ dulcis novoque separationum Chymicarum genere.* Ibid. p. 386.

4. *Meditatio Juridico-Mathematica de Interusurio simplice.* An. 1683. p. 425.

5. *De Dimensionibus figurarum inveniendis.* An. 1684. p. 233. & 585.

6. *Demonstrationes novæ de resistentia solidorum.* An. 1684. p. 319.

7. *Nova Methodus pro Maximis & Minimis, itemque tangentibus, quæ nec fractas, nec irrationales quantitates moratur, & singulare pro illis calculi genus.* Ibid. p. 467.

8. *Meditationes de cognitione, véri-* G.G. DE
tate, & Ideis. Ibid. p. 537.   L E I B-

9. *Demonstratio Geometrica regula* N I T Z.
apud staticos receptæ de momentis gra-
vium in planis inclinatis, nuper in du-
bium vocatæ, & solutio casus elegantis
de Globo duobus planis angulum rectum
facientibus simul incumbente, quantum
unumquodque planorum prematur dé-
terminans. An. 1685. p. 501.

10. *Brevis demonstratio erroris memo-*
rabilis Cartesii & aliorum circa legem
naturæ, secundum quam volunt à Deo
eandem semper quantitatem motus con-
servari, qua & in re mechanica abutun-
tur. An. 1686. p. 161.

11. *Meditatio nova de natura anguli*
contactus & osculi, horumque usu in
practica Mathesi, ad figuras faciliores
succedaneas difficilioribus substituendas.
An. 1686. p. 289.

12. *De Geometria recondita, &*
Analysi indivisibilium atque infinito-
rum. Ibid. p. 292.

13. *De Lineis Opticis & alia.* An.
1689. p. 36.

14. *Schediasma de resistentia Medii,*
& motu projectorum gravium in medio
resistente. An. 1689. p. 38. & An. 1690.
p. 177.

G. G. DE   15. *Tentamen de Motuum cœlestium*
L E I B-*causis.* An. 1689. p. 82.
N I T Z.   16. *De linea Isochrona, in qua gra-*
ve sine acceleratione descendit, & de
controversia cum Dn. Abbate D. C.
(*de Catelan*) Ibid. p. 195.

17. *De causa gravitatis, & defensio*
sententiæ suæ de veris naturæ legibus
contra Cartesianos. An. 1690. p. 228.

18. *Ad ea quæ J. Bernoullius de sorte*
Alearum publicavit responsio. Ibid. p.
358.

19. *Quadratura Arithmetica commu-*
nis sectionum conicarum, quæ centrum
habent, indeque ducta Trigonometria
Canonica ad quantamcumque in nu-
meris exactitudinem à Tabularum ne-
cessitate liberata, cum usu speciali ad
lineam Rhomborum nauticam, apta-
tumque illi Planispherium. Ibid p. 178.

20. *De linea in quam flexile se pon-*
dere proprio curvat, ejusque usu insigni
ad inveniendas quotcumque medias pro-
portionales & Logarithmos. Ibid. p.
277.

21. *De solutionibus Problematis Ca-*
tenarii vel funicularis à Dn. J. Ber-
noulli propositis. Ibid. p. 435.

22. *De legibus naturæ & vera æsti-*
matione

matione virium motricium contra Carte- G. G. DE
sianos responsio ad rationes à Dn. Papin L E I B-
propositas. Ibid. p. 439.   N I T Z.

23. *Additiuncula ad considerationes Ferdinandi Helfrici Lichtscheid.* Ibid. p. 500.

24. *De linea ex lineis numero infinitis ordinatim ductis inter se concurrentibus formata, easque omnes tangente, ac de novo in ea re Analysis infinitorum usu.* Ann. 1692. p. 168.

25. *Solutio Problematis Florentini, seu constructio Testudinis Quadrabilis Hemisphericæ.* Ibid. p. 275. & Ann. 1693. p. 42.

26. *Generalia de natura linearum, Anguloque Contactus & Osculi, pro-volutionibus, aliisque cognatis & eorum usibus nonnullis.* Ann. 1692. p. 440.

27. *Protogæa.* Ann. 1693. p. 40.

28. *Supplementum Geometriæ practicæ sese ad Problemata transcendentia extendens, ope novæ Methodi generalissimæ per series infinitas.* Ibid. p. 178.

29. *De Problemate Bernoulliano.* Ibid. p. 313.

30. *Supplementum Geometriæ dimensoriæ, seu generalissima omnium Tetragonismorum effectio per motum; similiter-*

G. G. DE *que multiplex constructio lineæ ex data*
LEIB- *tangentium conditione.* Ibid. p. 385.
NIZT. 477. 527.

31. *De primæ Philosophiæ emenda-*
tione, & de notione substantiæ. Ann.
1694. p. 110.

32. *Nova calculi differentialis ap-*
plicatio & usus, ad multiplicem linea-
rum constructionem, ex data tangen-
tium conditione. Ibid. p. 311.

33. *Constructio propria Problematis*
de curva isochrona paracentrica. Ibid.
p. 364.

34. *Specimen Dynamicum, pro ad-*
mirandis naturæ legibus, circa corporum
vires & mutuas actiones detegendis,
& ad suas causas revocandis. Ann.
1695. p. 145.

35. *Notatiuncula ad constructiones*
lineæ, in qua sacoma æquilibrium cum
pondere moto faciens incedere debet,
datas à Marchione Hospitalio, & quæ-
dam de quadraturis. Ibid. p. 184.

36. *Responsio ad nonnullas difficulta-*
tes à Dn. Bernardo Nieuwentijt circa
Methodum differentialem, seu Infinite-
simalem motas. Ibid. p. 310. & 369.

37. *De novo usu centri gravitatis ad*
dimensiones, & speciatim pro areis inter

curvas parallelas descriptas seu rectangulis curvilineis, ubi & de parallelis in universum. Ibid. p. 493.

38. *Relatio ad inclytam societatem Leopoldinam naturæ curioforum de novo Antidysenterico Americano magnis fuccessibus comprobato.* Ibid. p. 559.

39. *Notatiuncula ad scriptum Jacobi Bernoulli.* Ann. 1696. p. 145.

40. *Communicatio suæ pariter duarumque alienarum ad edendum sibi primum à Dn. Jo. Bernoullio, deinde à Dn. Marchione Hospitalio communicatarum solutionum Problematis curvæ celerrimi descensus à Dn. Joanne Bernoullio Geometris publice propositi, una cum solutione sua Problematis alterius ab eodem postea propositi.* Ann. 1697. p. 201.

41. *Epistola ad Actorum Lipsiensium collectores.* Ibid. p. 254.

42. *De ipsa natura, sive de vi infita actionibufque creaturarum, pro Dynamicis suis confirmandis illustrandifque.* Ann. 1698. p. 427.

43. *Responsio ad Dn. Nicolai Fatii Duillerii imputationes. Accessit nova Artis Analyticæ promotio specimine indicata, dum designatione per numeros*

G. G. DE *assumptitios loco litterarum Algebra ex*
L E I B-*combinatoria arte lucem capit.* Ann.
N I T Z. 1700. p. 198.

44. *Specimen novum Analyseos pro
scientia infiniti circa summas & quadraturas.* Ann. 1702. p. 210. & Ann.
1703. p. 19.

45. *De linea super linea incessu, ejusque tribus speciebus, motu radente,
motu prœvolutionis, & composito ex
ambobus.* Ann. 1706. p. 10.

46. *Epistola pro sua hypothesi Physica motus Planetarii.* Ann. 1706. p.
446.

47. *Epistola de Hickesii Thesauro
Linguarum Septentrionalium.* Suppl.
4. p. 236.

48. *Epistola ad Christianum Wolfium, circa scientiam infiniti.* Suppl. 5.
p. 264.

49. *Observatio, quod Rationes sive
Proportiones non habeant locum circa
quantitates nihilo minores, & vero sensu
Methodi Infinitesimalis.* Ann. 1712.
p. 167.

50. *Problema Posthumum Augustini
Thomœ à S. Joseph solutioni commissum.* Ann. 1717. p. 353.

51. *Principia Philosophiœ.* Suppl. 7.
p. 500.

Dans les nouvelles de la Républi- G. G. DE
que des Lettres.   LEIB-

1. *Démonstration courte d'une erreur* NITZ.
considérable de M. Descartes & de
quelques autres, touchant une loy de la
nature, selon laquelle ils soûtiennent que
Dieu conserve toûjours dans la matiere
la même quantité de mouvement; de
quoi ils abusent même dans la méchani-
que. Septembre 1686. p. 996. Cette
démonstration, qui est dans cet endroit accompagnée d'une réponse,
est traduite du texte Latin, qui se
trouve dans les *Actes de Leipsic.* Ann.
1686. p. 161.

2. *Remarque sur l'Article V. des*
nouvelles de la République des Lettres
du mois de Fevrier 1706. *où il y a des*
erreurs de fait qui le regardent. Novembre 1706. p. 521.

Dans l'Histoire des Ouvrages des
Sçavans.

1. *Remarques sur l'harmonie de l'ame*
& du corps. Fevrier 1696. p. 274.

2. *Eclaircissement des difficultez que*
M. Bayle a trouvées dans le systême
nouveau de l'union de l'ame & du corps.
Juillet 1698. p. 329. M. *Bayle* lui a
répondu dans la seconde édition de

G. G. DE ſon Dictionnaire, à l'Article *Rora-*
L E I B-*rius.*

N I T Z.   3. *Conſidérations ſur les principes de*
vie, & ſur les natures Plaſtiques. May
1705. p. 222.

Dans les Mémoires de *Trevoux.*

1. *Lettre ſur divers points de Littera-*
ture. Janvier 1701. p. 177.

2. *Lettre ſur ce qu'il y a dans les*
Mémoires de Janvier *&* Fevrier *1701.*
touchant la generation de la Glace, &
touchant la démonſtration Carteſienne de
l'exiſtence de Dieu, par le P. Lamy
Benedictin. Septembre 1701. p. 200.

3. *Mémoire touchant ſon ſentiment*
ſur le calcul differentiel. Novembre
1701. p. 270.

4. *Lettre ſur quelques faits, qui le*
regardent, mal expliquez dans l'Eloge
de M. Bernoulli prononcé à l'Academie
des ſciences. Mars 1707. p. 540.

5. *Remarques ſur un endroit des Mé-*
moires de Trevoux. Mars 1708. p.
488.

6. *Trois Lettres à M. Hartſoeker*
ſur la dureté des corps. 1712. Mars,
p. 494. & Avril, p. 676.

7. *Remarques ſur la ſixiéme Lettre*
Philoſophique imprimée à Trevoux en
1703. Juillet 1712. p. 1235.

8. *Lettre au P. Tournemine sur* G. G. DE
quelques points de Litterature. 1715. L E I B-
Janvier, p. 155.   N I T Z.

9. *Remarques sur les horloges.* 1718.
Mars, p. 531.

Dans l'Histoire Critique de la République des Lettres de M. *Masson.*

1. *Lettre à M. Des-Maizeaux, sur
son système de l'harmonie préétablie.*
Tome 11. p. 72.

2. *Réponse aux Réflexions contenuës
dans la seconde édition du Dictionnaire
Critique de M. Bayle, Article Rora-
rius, sur le système de l'harmonie préétablie.* Ibid. p. 78.

3. *Eloge Critique des Oeuvres de
Mylord Shaftsbury.* Tome 10. p. 306.

Dans l'Europe Sçavante.

*Principes de la Nature & de la
Grace fondés en raison,* tome 6. p. 101.

Dans les nouvelles Litteraires de
la Haye.

*Remarques sur le premier tome de ces
nouvelles.* Tome 2. p. 289.

Dans l'Histoire de l'Academie des
Sciences.

*Explication de l'Arithmetique Bi-
naire, qui se sert des seules caractères* O
& I, avec des remarques sur son utilité,

G. G. DE *& sur ce qu'elle donne le sens des an-*
LEIB-*ciennes figures Chinoises de Fohy.* Ann.
NITZ. 1703.

Dans le *Recüeil de Litterature, de
Philosophie, & d'Histoire. Amsterdam
1730. in-12.*

1. *Lettre à l'Academie des Sciences
du* 26. *Fevrier* 1700. *sur la correction
du Calendrier Gregorien*, p. 147.

2. *Lettre sur les Phenomenes du Barometre*, p. 152.

Dans les *Monumenta Varia inedita
de Joachim-Frederic Fellerus.*

1. *Lettre sur le péché Originel*, p. 1.

2. *Brevis disquisitio, utros incolarum
Germaniæ citerioris aut scandiæ ex alterius initio profectos verisimilius sit judi-
candum*, p. 132.

3. *Epître en vers à Madame de Scu-
dery à la loüange du Roy Louis XIV.*
p. 63. *Ce n'est pas ce qu'il a fait de
meilleur.*

4. *Trois Lettres sur differentes matieres*, p. 253. 254. 380.

5. *Réflexions sur l'esprit sectaire*, p.
519.

6. *Observationes variæ de Linguis &
Origine vocabulorum, nec non de con-
cinnando Dictionario & perpolienda
lingua Germanica*, p. 594.

7. *Obſervatio de ſuperſtitionibus qui-buſdam Slavorum*, p. 693.

8. *Obſervatio de variis ludis*, p. 642.

9. *Excerpta ex Litteris Leibnitzii*, p. 111.

Dans les *Mémoires de Litterature* du P. *Deſmolets*, tome 8. p. 211.

Lettre à M. Arnaud, où il lui expoſe ſes ſentimens particuliers ſur la Meta-phyſique & ſur la Phyſique.

L'Ouvrage de M. de *Leibnitz de Origine Francorum*, marqué au *N°.* 23. a été imprimé de nouveau, *poſte-rioribus curis auctior*, *cum Reſponſione ad objectiones Doctorum quorumdam Virorum*, à la ſuite de l'Ouvrage de Jean-George Eccard, intitulé : *Leges Francorum & Ripuariorum*, *cum addi-tionibus Regum & Imperatorum variis*, *Francofurti* 1720. *in-fol.* Les additions faites à la Diſſertation de M. *de Leib-nitz* ſont de l'Editeur. M. *de Leibnitz* avoit traduit cet Ouvrage en Fran-çois, & en avoit envoyé une copie manuſcrite à M. *Remond*, pour être preſentée à M. le Marquis de *Torci*, & même au Roy *Louis XIV.* ſi ce Miniſtre le trouvoit à propos. Cette

G. G. DE L E I B-N I T Z.

G. G. DE traduction se trouve dans le *Recüeil*
L E I B-*des Pieces de Messieurs de Leibnitz,*
N I T z.*Clarcke, Newton,* &c. publié par
M. *Des-Maizeaux,* & imprimé à
Amsterdam en 1700. *in-8°. 2.* tom.

    Réponse aux objections du P. Tour-
nemine contre la Dissertation de M. de
Leibnitz sur l'origine des François. Cette Réponse de M. *de Leibnitz* se trouve avec la Dissertation dans l'Ouvrage d'*Eccard* ci-dessus cité, & dans la
Bibliotheque Germanique, tom. 7.
p. 13.

    M. *Jordan* Ministre de *Preutzlau*
m'a indiqué un Ouvrage de M. *de*
Leibnitz que j'ai oublié. C'est l'*Hi-*
stoire de Bileam, où il prouve, dit-il,
que ce qu'on dit de lui n'est pas
arrivé effectivement, mais seulement
en songe.

    Michel Gottlieb Hanschius a rassem-
blé avec soin tout ce que M. *de Leib-*
nitz avoit dit en differens endroits
sur les principes de la Philosophie,
& en a formé un systême complet,
qu'il a publié sous ce titre : *G. G.*
Leibnitii Principia Philosophiæ more
Geometrico demonstrata cum excerptis
& Epistolis Philosophi & Scholiis qui-

& additions. Tome II. 107
busdam ex Historia Philosophica. Fran- G. G. DE
cofurti 1728. *in-4°.* L E I B-
N I T Z.

NICOLAS MALEBRANCHE.

P. 133. ON trouve dans l'*Histoire* N. MA-
de l'*Academie* des Scien- LEBRAN-
ces le Mémoire suivant de sa façon. CHE.

*Réflexions sur la lumiere & les cou-
leurs, & sur la generation du feu.*
Ann. 1699.

Dans le *Journal des Sçavans.*

1. *Lettre sur sa réponse à M. Regis.*
Journ. du 1. May 1694.

2. *Réponse à un avis de M. Regis.*
Journ. du 15. Mars 1694.

3. *Deux Lettres à M. Arnaud.* Jour.
du 12. & du 19. Juillet 1694. Elles
roulent sur les disputes qu'ils avoient
déja eûës ensemble.

*Réponse du P. Malebranche à la
troisiéme Lettre de M. Arnaud, touchant les idées & les plaisirs. Amsterdam* 1704. *in-12.* J'avois oublié cet
Ouvrage.

CESAR VICHARD DE S. REAL.

C. VI. P. 139.
CHARD
DE S.
REAL.

LEs trois volumes des Oeuvres Posthumes de l'Abbé de *S. Real* ont paru en differens temps ; le premier étant de l'an 1693. le second de 1695. & le troisiéme de 1699. Quoiqu'ils portent le nom de l'Abbé de *S. Real*, ce Sçavant n'y a aucune part. Nous apprenons d'une Lettre sur la nouvelle édition de ses Oeuvres, qui est à la tête du tome I. du *Recueil de pieces d'Histoire & de Litterature*, que l'Auteur de la plûpart des pieces contenuës dans ces trois volumes est M. le Marquis de *la B . . .* Gentilhomme d'*Avignon*, qui y a fort bien pris le stile & les manieres de l'Abbé de *S. Real*. Une liste fournie par M. *de Villefore*, son ami, nous fait connoître celles qui sont de lui ; ainsi il ne faut pas l'omettre : La Voici.

Fragmens sur Lepide.
Considération sur Marc-Antoine.
Fragmens sur Auguste.

La Lettre contre la traduction du
Concile de *Trente* par M. *Amelot de la
Houffaye*, qui fe trouve auffi parmi
les prétenduës Oeuvres pofthumes de
M. de *S. Real*, eft de *Richard Simon*,
comme il le dit lui-même dans une
de fes Lettres, tom. 2. p. 217.

Ce que j'ai dit des éditions du
Recuëil de fes Oeuvres n'eft pas
exact ; il faut le reformer ici. La premiere parut à *la Haye* en 1722. *in-*12.
en 5. volumes. La traduction des
deux premiers livres des Lettres à

C. VI.
CHARD
DE S.
REAL.

Atticus ne s'y trouve point. Cette édition fut copiée dans celle qui se fit à *Paris* en 1724. en 4. vol. *in-12.* à l'exception des *Mémoires de Madame la Duchesse de Mazarin* qu'on en retrancha. On en donna deux ans après, c'est-à-dire en 1726. une nouvelle à *la Haye* en 4. vol. *in-12.* & l'on y fit entrer la traduction des Lettres de *Ciceron* à *Atticus*, & une piece, qu'on ne s'étoit pas avisé de mettre dans les précedentes, parce qu'on ne la connoissoit point, & que j'ai omise dans le Catalogue des Oeuvres de *S. Real. Panegyrique de la Régence de Madame Royale Marie-Jeanne-Baptiste de Savoye, prononcé dans l'Académie de Turin le* 13. *May* 1680. *veille de la majorité de son Altesse Royale. Turin* 1680. *in-*4°. Ce Panegyrique a été omis dans la nouvelle édition que des Libraires de *Paris* ont donné sous le titre d'*Amsterdam* en 1730. en 5. vol. *in-*12. parce que ceux qui s'en sont mêlez n'ont point connu l'édition de *la Haye* de 1726. & ont copié la leur de 1724. On ne peut s'empêcher de rire en lisant cet Avertissement à la tête du cinquiéme volume. » On a

» fait à *Paris* en *mil sept cens quatorze*   C. VI-
» une édition des Oeuvres de l'Abbé CHRAD
» de *S. Real* en 4. vol. *in-12.* confor- DE S.
» me à l'édition de *la Haye*, *mil* REAL.
» *sept cens vingt-deux*, si ce n'est qu'on
» a retranché les *Mémoires de Mada-*
» *me de Mazarin.* Ce n'est là qu'une
faut d'attention ; mais y a-t'il de la
bonne foi dans ce qui suit ? » On
» trouvera cet écrit à la tête de ce
» cinquiéme volume, & à la suite
» quelques autres pieces, que l'on
» attribuë à ce célebre Ecrivain. Tout
le monde sçait que toutes celles qu'on
voit dans ce volume sont de M.
l'Abbé *des Fontaines*, à l'exception
de la vie d'*Octavie*, qui est de M.
de Villefore.

    J'ajoûterai que le *Panegyrique de la
Régence de Madame Royale* a été inseré
dans le premier tome du *Recüeil de
pieces d'Histoire & de Litterature* publié à *Paris* en 1731. *in-12.*

JEAN MILTON.

P. 145. IL n'aquit le 9. Decembre
1668. de *Jean Milton*, No-
taire de *Londres*, natif de *Halton*
dans le Comté d'*Oxford* & de *Sara
Caston*. Son grand-pere étoit sou-Maî-
tre de la Forêt de *Shotover*, près de
la Ville de *Halton*, & descendoit de
ceux de ce nom qui demeuroient de
temps immémorial à *Milton* près de
Halton & de *Thame*, dans le Comté
d'*Oxford*. C'étoit un zelé Catholique, qui chassa, ou même deshérita,
comme disent quelques-uns, son
fils, parce qu'il avoit embrassé la
Religion Protestante; ce qui l'engagea à se retirer à *Londres* pour y
chercher fortune. Je me suis trompé
en disant que le fils fut deshérité
pour avoir embrassé la Religion Catholique.

Quelques Auteurs veulent que
notre Auteur ait été chassé de *Cam-
bridge*, pour sa mauvaise conduite;
mais c'est un fait qui est contredit
par *Wood*, qui prétend qu'il en sortit
de lui-même. Ses

Ses neveux qu'il éleva & inftruifit dans la Langue Latine étoient *Jean* & *Edouard Philips*, fils de fa fœur *Anne*, & d'*Edouard Philips* fon mari, qui fe rendirent dans la fuite Auteurs, & dont l'aîné fuivit les principes de *Milton*.

J. MIL-
TON.

Il eut plufieurs enfans de *Marie Powel*, dont la troifiéme fille, nommée*Debora*, fut inftruite par fon pere dans les Langues Gréque & Latine, & lui fervit depuis de Secrétaire.

Milton mourut le 9. ou le 10. Novembre 1674. dans fa 66. année, & fut enterré dans le tombeau de fon pere, qui étoit mort fort agé vers l'an 1647.

Cette addition eft tirée des *Fafti Oxonienfes* d'*Antoine Wood*.

P. 154. On a une traduction Françoife de fon *Iconoclaftes*, fous ce titre : *Eiconoclaftes, ou Réponfe au livre intitulé :* Εικιον Βαϛιλικη, *ou le portrait de fa facrée Majefté, durant fa folitude & fes fouffrances, par le fieur Jean Milton, traduite de l'Anglois fur la feconde & plus ample édition, & revûe par l'Auteur ; à laquelle font ajoûtées diverfes pieces mentionnées en*

J. MIL- ladite *réponse. Londres* 1652. *in-8°.*
TON. Le stile de cette traduction est fort mauvais.

P. 157. La traduction du *Paradis perdu de Milton*, par M. *Dupré de S. Maur*, imprimée à *Paris* en 1729. en 3. vol. *in-12.* l'a été de nouveau à la *Haye* en 1730. en 3. vol *in-12.* On y a joint *une Differtation Critique de M. Constantin de Magny*, que quelques-uns prétendent être de la façon de M. l'Abbé *Pellegrin*, & la *chûte de l'Homme*, Poëme François par M. *Durand*. On a restitué dans cette derniere quelques endroits, qui avoient été rettanchez dans celle de *Paris*.

M. *Rolli*, si connu par les belles éditions qu'il nous a données de quelques Auteurs Italiens à *Londres*, a entrepris de traduire en vers Italiens le *Paradis perdu* de *Milton*, & l'on peut voir le commencement de sa traduction dans la *Bibliotheque raisonnée*, tom. 3. p. 212.

Ce Poëme a été aussi traduit en vers Hollandois non rimez, à l'imitation de l'original Anglois, & cette traduction a paru à *Harlem* en 1728. *in-4°.*

P. 159. La traduction du *Paradis* J. Mil-
perdu de *Milton* a entraîné celle du ton.
Paradis recouvré, qu'on a publié fous
ce titre : *Le Paradis reconquis traduit*
de l'Anglois de Milton, avec quelques
autres pieces de Poësies. Paris 1730.
*in-*12. Mais quoiqu'en dife le Traducteur dans fa Préface, le mérite
de ce dernier Poëme n'approche
point de celui du précedent ; le titre
même n'en paroît pas fort jufte, puifque le fujet n'en eft autre que *Jefus*
vainqueur de Satan dans le defert.
Les quatre pieces de Poëfie dont on
a joint la traduction à celle du Paradis reconquis font intitulées, fuivant
le Traducteur, *Lycidas*, *l'Allegro*,
il Penfero, *Cantique fur la Fête de*
Noël.

CHARLES PATIN.

P. 216. IL eft mort dans fa 61. an- C. Pa-
née, & non pas dans fa 60. tin.
P. 219. On a une traduction Italienne de fes Relations Hiftoriques
fous ce titre : *Viaggi di Carlo Patini.*
In Venetia 1685, *in*-8°.

C. P A-
T I N.

Je ne sçai ce que c'est qu'un livre
marqué dans la quatriéme partie
du Catalogue de la Bibliotheque
du Baron de *Kielmans-Egge*, *N°.*
442I. qui a pour titre : *Nouvelles de
Charles Patin au Marquis de Baden-
Dourlac, Frederic. Strasbourg 1671.
in-8°.*

JACQUES BENIGNE BOSSUET.

J. B. Bos-
SUET.

Depuis la publication du second
& du dixiéme volume des ces
Mémoires, on a donné au public
deux nouveaux Ouvrages de sa façon.

*Defensio declarationis celeberrimæ
quam de Potestate Ecclesiastica sanxit
Clerus-Gallicanus 19. Martii 1682.
ab Ill. ac Rev. Jacobo Benigno Bossuet,
Meldensi Episcopo, ex speciali jussu
Ludovici Magni Christianissimi Regis
scripta & elaborata, nunc primum in
lucem edita, summoque studio ad fidem
autographi codicis exacta. Luxemburgi.
1730. in-4°. 2. tom. pp. 360. & 435.*

Méditations sur l'Evangile. Paris
1731. *in-12. 4. vol.* Cet Ouvrage est

fort fuperficiel & ne répond guéres
à la réputation de M. *Boſſuet.*

CHARLES FEVRET.

P. 295. LA premiere édition de C. FE-
ſon *Traité de l'Abus* n'eſt VRET.
pas de l'an 1654. mais de 1653.
M. d'Aurier.

JULES MASCARON.

P. 300. MOnſieur *Maſcaron* avoit J. MAS-
été ordonné Prêtre par CARON.
M. *de Lavardin*, Evêque du *Mans*,
& fut réordonné après ſa mort, auſſi-
bien que quelques autres. M. *Des-*
Maizeaux, vie de S. Evremont.

JEAN PASSERAT.

P. 323. EDmond *Richer* ne pouvoit J. PAS-
avoir la conduite du Col- SERAT.
lege du *Cardinal le Moine*, lorſque
Paſſerat y entra, puiſque ce ne fut
que pluſieurs années après, c'eſt-à-

dire en 1595. qu'il fut fait Grand-Maître & Principal de ce College.

JACQUES GOUSSET.

P. 356. A Joûtez à ſes Ouvrages celui-ci.

Apologia pro Renato Deſcartes adverſus diſcipulos ejus pſeudonymos. Leovardia 1716. *in-*4°.

PAUL PELLISSON.

P. 382. J'Ai dit que preſque toute la Jurisprudence de la Province de Languedoc étoit contenuë dans le volume des Arrêts de *Geraud Meynard.* M. *d'Aurier* trouve que c'eſt parler improprement ; car , dit ce ſçavant Avocat du Parlement de *Toulouſe,* la Juriſprudence fixée par ces Arrêts n'eſt pas ſeulement celle de Languedoc ; mais encore celle des Provinces, qui ſont du reſſort du Parlement de *Toulouſe ,* comme le Quercy , le Rouergue , le Comté de Foix , la Bigorre , la Gaſcogne , & autres. Il faut donc dire qu'on trouve dans *Meynard* presque toute   P. Pel-

la Jurisprudence du Parlement de lisson.

Toulouse.

P. 383. J'ai fait entendre que M.

Pellisson ne paraphrasa que le premier

livre des Instituts de *Justinien*. M.

l'Abbé *d'Olivet* a dit aussi la même

chose dans son *Histoire de l'Acade-*

mie Françoise. Il est cependant cer-

tain, dit M. *d'Aurier*, que sa Para-

phrase s'étend aux quatre livres des

Instituts ; outre que telle est la ve-

rité, le titre du livre le donne suf-

fisamment à entendre.

Ajoûtez à ses Ouvrages.

Campagne de Louis XIV. par M.

Pellisson, avec la comparaison de Fran-

çois I. avec Charles-Quint, par M...

Paris 1730. *in-*12. pp. 265. Quoique

le titre du premier de ces deux Ou-

vrages ne semble annoncer que la re-

lation d'une seule Campagne de

Louis XIV. M. *Pellisson* y parle non

seulement de la Campagne de 1672.

dans laquelle ce Prince ayant fait

passer le Rhin à son armée vers *Tho-*

luis, poussa ses conquêtes jusques vers

Amsterdam ; mais encore des Campa-

gnes suivantes, jusqu'à la publication

P. Pel-de la Paix de *Nimegue*. On ne voit
lisson. point dans cet Ouvrage un recit détaillé des Siéges & des Batailles ;
l'Auteur se contente d'exposer les
principaux évenemens, & d'embellir
sa narration de tous les ornemens de
l'Eloquence, dont il a cru qu'un
Panegyrique étoit susceptible. La
Comparaison de *François I.* avec
Charles-Quint n'est pas de M. *Pellisson*, quoiqu'on la lui ait attribuée
dans le Privilege accordé pour l'impression des deux Ouvrages.

*Histoire de la derniere guerre entre
la France, & l'Espagne, ou de la con-
quête de la Franche-Comté*; en trois
livres, inserée dans les *Mémoires de
Litterature* du P. *Desmolets*, tom. 7.
page 1.

P. 398. *Jean Pellisson* a donné au
public l'Ouvrage suivant : *Modus
examinandæ constructionis in Oratione,
Joanne Pellisono, Autore. Lutetia Ro-
bert. Steph.* 1545, in-8°.

THOMAS

THOMAS FIENUS.

P. 403. V*Alere André* s'eſt trompé dans ſa Bibliotheque Bel-gique en mettant ſa naiſſance en 1566. car tout le monde convient comme lui qu'il naquit le Vendredi-Saint; on ſçait d'un autre côté que ce fut le 28. Mars. Or le Vendredi-Saint ne ſe rencontre point ce jour-là en 1566. mais en 1567.

T. FIE-NUS.

P. 404. Un Médecin Dijonnois, fort habile, nommé *Vincent Robin,* mort vers l'an 1638. ſe déclara pour le ſentiment de *Fienus,* touchant le temps de l'animation du Fœtus, dans un petit *in-*4°. imprimé à *Dijon,* chez la veuve de *Cl. Guyot* en 1632. intitulé : *Synopſis rationum Fieni & adverſariorum de tertiâ die Fœtus ani-matione; ex quibus clare conſtabit cele-bratam antiquitate opinionem de Fœtus formatione deſerendam eſſe, Fieni no-vam amplectendam,* pp. 44. ſans compter l'Epître dédicatoire (M. l'Abbé *Papillon*) *Lindenius,* ni ſon continuateur *Mercklinus* n'ont point connu cet Auteur.

Tome X. Part. II. L

CHANGEMENS, CORRECTIONS
& Additions.

Pour le Tome troisiéme

JSAAC PAPIN.

J. PA-
PIN.

P. 22. MOnsieur *Jordan*, Ministre de *Prentzlau* m'ap-
prend qu'on a generalement attribué
à *Isaac Papin* un livre Anonyme, intitulé : *La vanité des sciences, ou Réflexions d'un Philosophe chrétien sur le
veritable bonheur. Amsterdam 1688.
in-12.* Un des principaux desseins de
cet Ouvrage, & qui en a été l'occasion, est de régler l'usage que les personnes riches doivent faire de leur
bien ; la vanité des sciences, que
l'on y prétend ne contribuer en rien
au bonheur des hommes, n'y est que
comme un accessoire. L'Auteur y
soûtient un sentiment assez singulier:
Il prétend que les riches sont indis-
pensablement obligez de dépenser
leur revenu, d'une maniere honnête

cependant, & ne doivent faire des J. P A-
charitez, qu'à ceux qui font abfolu- P I N.
ment hors d'état de gagner leur vie.
Sa principale raifon eft que la focieté
ne peut fubfifter autrement, & qu'il
n'y a que les dépenfes que l'on fait,
qui donnent lieu de vivre à une
infinité de Marchands & d'artifans,
qui fans cela tomberoient bien-tôt
dans la pauvreté.

ADRIEN BAILLET.

ON a mis à la tête de la nouvelle A. BAIL-
édition *in-4°.* des *Jugemens des* L E T.
Sçavans de *Baillet*, un Eloge de cet
Auteur, qui me fournira quelques
fupplémens à ce que j'en ai dit.

P. 29. (28) Il régenta deux ans la
cinquiéme, & deux autres la quatriéme dans le College, appellé le
petit Séminaire de *Beauvais.*

Après qu'il eut été ordonné Prêtre,
fon Evêque l'envoya défervir en
qualité de Vicaire en chef, une Pa-
roiffe, appellée *Lardieres*, entre
Meru & *Beaumont.* Il quitta ce pofte,
pour être Chappier de l'Eglife de

A. BAIL-
LET.

Beaumont ; emploi cependant qui lui fut disputé par un Prêtre , enfant de la Ville ; mais que Madame la Maréchale de *la Mothe* , Dame temporelle de cette Ville , informée de son mérite , lui assura malgré les habitans.

Ce fut M. *Hermant* , qui le proposa à M. *de Lamoignon* , alors Avocat General , & depuis Président à Mortier , lequel avoit perdu depuis peu son pere , premier Président.

Il mourut le 21. Janvier 1706. & non pas le 12. Janvier comme il a été mis , par une transposition de chiffres. Il fut enterré sous les Charniers de l'Eglise de *S. Paul* , où l'on lui dressa cette Epitaphe.

Hic jacet Adrianus Baillet Sacerdos Bellovacus , qui post expressam moribus & scriptis vitam Sanctorum obiit Parisiis anno salutis 1706. ætatis 56. apud illustrissimum senatus Principem de Lamoignon , cujus Bibliothecam à 26. annis curabat.

De cætero scripta consule. Posuit Testamenti Curator A. Frion , Professor

Marchianus, annuentibus hujus paro- A. BAIL-
chiæ Pauperibus hæredibus scriptis. LET.

P. 32. (31.) Ses *Jugemens des Sça-*
vans ont été précedez d'une Brochure, intitulée : *Plan de l'Ouvrage,*
qui a pour titre : Jugemens des Sçavans sur les principaux Ouvrages des
Auteurs, 1694. *in-*12. pp. 76. *Bail-*
let ne fit tirer qu'un fort petit nombre d'exemplaires de cette Brochure ;
qu'il distribua à ses amis. On l'a réimprimée à la tête des *Jugemens des*
Sçavans de l'édition de *Paris in-*4°.
& de celle de Hollande copiée sur
celle-là. Ce Plan étoit trop vaste
pour qu'un seul homme pût le rem-
plir ; puisqu'il s'étendoit sur tous
les gens de Litterature ; aussi *Baillet*
n'en a-t'il executé qu'une petite
partie.

Les *Jugemens des Sçavans* ont été
imprimez à *Paris* en 7. volumes *in-*
4°. en 1722. & non point en 8. vol.
en 1725. comme je l'ai dit. Les additions, qui sont de M. de *la Monnoye,*
auroient été bien plus considérables,
si ce Sçavant y avoit voulu donner
ses soins, & avoit été moins pressé.

L iij

A. BAIL-
LET.

On a joint depuis à cette édition un nouveau volume *in-*4°. qui contient l'*Anti-Baillet*, avec les corrections de M. de *la Monnoye*, qui font fort peu confidérables, & n'ont prefque rien de plus que ce qui étoit déja dans fes notes fur les *Jugemens des Sça-vans.*

Il s'eft fait depuis une édition de cet Ouvrage à *Amfterdam* en 1726. en 17. volumes *in-*12. L'édition d'Hollande a de plus que celle de *Paris*; 1°. l'*Anti - Baillet*; 2°. *Ré-flexions fur les Jugemens des Sçavans envoyez à l'Auteur par un Acade-micien.* Ces Réflexions qui avoient été imprimées fans nom d'Auteur en France fous le nom de *la Haye* en 1691. *in-*12. font du P. *le Tellier*, Jefuite; 3°. *Réflexions d'un Acade-micien fur la vie de M. Defcartes en-voyées à un de fes amis en Hollande:* Elles font auffi du P. *le Tellier*, & ont été imprimées de même que les précedentes en France fous le nom de *la Haye*, en 1692. *in-*12. On ne voit pas trop pourquoi on les a jointes aux *Jugemens des Sçavans*; 4°. *Les Jugemens des Sçavans fur les*

La vie de M. *Baillet*, qui se trouve
à la tête de ces deux éditions est
d'*Augustin Frion*, son neveu.

P. 35. (33) L'Abregé de la vie de
Descartes de *Baillet* a été traduit en
Italien par *Paul Francone*, Marquis
de *Salcito*, & imprimé sous ce titre :
Ristretto della vita di Renato Descartes,
altramente detto Cartesio o sign. delle
Carte, in cui si descrive la storia della
sua Filosofia, e dell' altre sue opere,
come parimente cio, che gli e auvenuto
di piu ragguardevole in tutto il corso
di sua vita. Basilea 1713. *in-8°.* pp.
335.

P. 36. (34.) Son livre *de la condui-*
te des ames est *Pseudonyme*. *Baillet* y a
pris le nom de *Daret de la Villeneuve,*
& le Privilege en est accordé à *Claude*
Versoris. Ce sont deux masques sous
lesquels il s'y est caché.

Il y a quatre éditions de ses *Vies*
des Saints : La premiere & la seconde
in-8°. & *in-fol.* sont les meilleures.
Il s'en est faite en 1704. une troisiéme, qui est aussi assez belle ; mais
on y a changé plusieurs choses, com-

A. BAIL- me le font connoître les cartons dont
LET. elle est remplie. La derniere est fort
vilaine, en mauvais caracteres, &
sur de mauvais papier. ” Ces vies des
” Saints, dit M. l'Abbé *Lenglet,* sont
” écrites avec une grande exactitude
” pour la verité historique. Le stile
” en est simple, mais vif & énergi-
” que. C'est un de ces Ouvrages
” qu'on souhaittoit depuis plusieurs
” siécles, & qui peut être dans la sui-
” te d'une grande utilité. La Criti-
” que en est judicieuse, & l'Auteur
” n'a point laissé passer de miracle
” qu'il ne l'ait examiné de tout sens.
” C'est ce que M. *Baillet* a fait de
” meilleur. Il a eu des Critiques;
” mais qui est l'Auteur qui n'en a
” pas ? Ce qu'on peut lui reprocher
” est de n'avoir pas écrit avec assez
” d'onction un livre qui étoit desti-
” né pour l'usage des fidéles.

Un des Parens de M. *Baillet* a
donné un *Abregé de ses vies des Saints,*
qui est plus à la portée du peuple,
que ne l'est l'Ouvrage même; & cet
Abregé a paru à *Paris* en 1710. *in-fol.*

JEAN BONA.

P. 37. CHarles-Joseph *Moroti* dans J. BONA.
(35.) son livre intitulé : *Cister-*
cii reflorescentis Historia, donne un
article à *Jean Bona* ; dont les dattes
ne s'accordent point avec celles de
Luc Bertolot ; mais il paroît plus juste
de s'en rapporter à celui-ci, qui a
écrit sa vie avec soin, & qui ayant
été son disciple a dû le mieux connoître.

Morati lui fait faire profession
dans l'Ordre des *Feuillans* en 1627.
au lieu que ce fut l'année précedente
selon *Bertolot*.

Ce ne fut point le 29. Decembre
qu'il fut fait Cardinal, mais le 29.
Novembre.

Il mourut selon *Morati* le 28.
Octobre.

Il choisit lui-même le lieu de sa
sépulture dans le Monastere de son
Ordre, appellé S. *Bernard aux Ther-*
mes, & y fit poster cette inscrip-
tion.

J. BONA.

D. O. M.

Joannes Bona
Pedemontanus.
Congreg. Sancti Bernardi Monachus,
Et hujus Ecclesiæ,
Translato huc titulo
S. Salvatoris in Lauro,
Primus Presbyter Cardinalis
Vivens sibi posuit.

JOB LUDOLF.

J. Lu-
DOLF.

P. 58. **A** Joûtez à ses Ouvrages:
Sciagraphia Historiæ Æthiopicæ.
Jenæ 1676. in-4°.

JEAN DAILLE'.

J. DAIL-
LE'.

P. 72.
(70.) **S** On Ouvrage *de l'Emploi*
des saints Peres a été abregé
& publié en Latin sous ce titre:
Joannis Dallæi de vero usu Patrum Tra-
ctatus in Epitome exhibitus opera M.
A. D. C. E. M. Tubingæ 1692. in-12.

Ajoûtez à ses Ouvrages. J. DAM-

Sermons sur le Catéchisme des Eglises L E'.
réformées. Geneve 1701. 3. *vol. in-8°.*

*Lettre à M. Feri, Ministre à Mets,
sur M. de la Milletiere.* Inserée dans
le *Recueil de Litterature,* p. 144.

LAURENT MAGALOTTI.

P. 241. LE titre du livre indiqué L. MA-
(234) au *N°.* 1. est tel : *Saggi* GALOTTI.
*di naturali Esperienze fatte nell' Acca-
demia del Cimento, descritte dal segre-
tario di detta Accademia. In Firenze*
1667. *in-fol.* con figure. It. *Ibid.* 1691.
in-fol. C'est la seconde édition.

Ajoûtez à ses Ouvrages.

*Lettere scientifiche ed erudite. In Fi-
renze* 1721. *in-4°.* La plûpart de ces
Lettres roulent sur des matieres de
Physique.

*Canzonette Anacreotniche di Lin-
doro Elateo, Pastore Arcade. In Firenze*
1723. *in-8°.* pp. 166. Ces Poësies sont
de *Laurent Magalotti,* qui portoit
dans l'Academie des Arcadiens le
nom de *Lindoro Elateo. Augustin
Gobbi* en avoit déja publié quatre

L. MA-
GALOTTI. pieces dans un Recüeil de Poësies Italiennes.

Il a eu part à l'impression du livre suivant : *Ragionamenti di Francesco Carletti Forentino sopra le Cose da lui vedute ne' suoi Viaggi, si delle Indie Occidentali e Orientali, comme d'altri Paesi. In Firenze 1701. in-4°.* C'est lui qui a corrigé & mis en ordre les trois premiers des douze discours dont ce volume est composé.

HENRI NORIS.

H. No-
RIS. *P. 250.* ON a fait à *Verone* une nouvelle édition de toutes ses Oeuvres en trois volumes *in-fol.* dont le premier a paru en 1729. On y a joint depuis un quatriéme volume.

JOSEPH-MARIE TOMMASI.

J. M.
TOMMA-
SI. *P. 280.* L'Auteur de la Défense de ce Cardinal est le P. Joseph del Pezzo, Théatin, (*Journ. de Ven. tom.* 35. *p.* 486.)

BARTHELEMY DE CHASSENEUZ.

I'Ai dit dans les additions du dixié- B. DE
me tome , p. 126. fur l'autorité CHASSE-
d'une perfonne refpectable par fon NEUZ.
mérite & par fa fcience , qui me les
a fournies , que les Diftiques de
Chaffeneuz fur les Rois de France
avoient échappé à la diligence du P.
le Long ; cependant c'eft un fait qui
eft faux , puifque cet Auteur en parle
au *N°.* 10879.

FRANÇOIS REDI.

P. 391. A Joûtez au Catalogue de F. REDI.
(378) A fes Ouvrages.
*Notizie intorno alle Palme , fcritte
da Francefco Redi al fer. Principe di
Tofcana Cofimo III. l'anno 1666.* Inferées dans le Journal de *Venife* , tom.
32. p. 35. Cet Ouvrage n'avoit été
publié auparavant qu'en partie dans
les *Origini della Lingua Italiana* de
M. *Menage* de la feconde édition
faite à *Geneve* , au mot *Cefaglione* , &

F. REDI. enfuite dans le fecond volume des Oeuvres de *Redi*.

Due Lettere : La 1ª. *Sopra un paſſo di ſan Giovan Griſoſtomo nell' Omilia terza Sopra gli Atti degli Apoſtoli* ; *L'Altra à Domenico David, in cui, come medico, e come amico dà varie regole pe'l ſuo male d'Ipocondria.* Inferées dans le premier tome du Supplément du Journal de *Veniſe* 1722.

Alcune Lettere contenenti oſſervazioni ed eſperienze naturali. Inferées dans le fecond tome du Supplément du Journal de *Veniſe*, p. 46. Elles font au nombre de quatre. L'Abbé *Lioni*, qui en eſt l'Editeur, les croit toutes de *Redi*, parce qu'il les a trouvées écrites de fa main, cependant il y en a deux, qui font fignées *Pierre-Alexandre Fregoſi*; & il fe pourroit bien faire que *Redi* n'eut fait que les copier pour fe fouvenir des remarques & des obfervations qu'elles contiennent.

J'ai déja parlé dans mes premieres additions du dixiéme volume, p. 128. des trois premiers tomes du Recuëil des Oeuvres de *Redi* : Le

quatriéme a paru à *Florence* en 1724. F. R e d i.
*in-*8°. Il contient ses Lettres sur la
Médecine, la Philosophie, la Critique, la Langue Italienne & sur
d'autres Matieres sçavantes. Il a pour
titre : *Opere di Francesco Redi, tomo*
IV. mais il y a des exemplaires, où
l'on a mis simplement le titre de
Lettere di Francesco Redi, pour ceux
qui n'ont pas les autres volumes.

Je ne sçai quand a paru le cinquiéme, mais le sixiéme est de l'an 1726.
imprimé à *Florence in-*8°. Il contient
des consultations de Médecine écrites en Italien, à l'exception de deux,
qui sont en Latin.

❊✻❊✻❊✻❊✻❊✻❊✻❊✻❊✻❊✻❊

CHANGEMENS, CORRECTIONS
& Additions.

Pour le Tome quatrième.

SAMUEL SORBIERE.

S. SOR-
BIERE.

P. 88. CHapelain en parle ainſi dans ſa *Liſte des gens de Lettres.* » Il n'eſt pas ſans lumiere & » ſans ſçavoir ; mais il ne voit & il » ne ſçait rien à fond ; & donnant à » tout, il parle à tâtons des choſes » qu'il ignore, comme eſt la Philo- » ſophie ancienne & nouvelle, qu'il » ne fait qu'effleurer ; celles même, » dont il a quelque connoiſſance, » comme l'Hiſtoire des bonnes Let- » trés, & les nouvelles publiques. » Tout ce qu'il fait a pour but la for- » tune & point la gloire ; ce qui eſt » cauſe qu'il paſſe par tout pour adu- » lateur de ceux dont il eſpere, & » pour ſatyrique contre ceux qui ne » lui donnent pas ce qu'il prétend. » Son ſtile Latin eſt aſſez pur & no-
ble,

» ble , & il parle mieux François que
» le commun des Languedociens.   S. SOR-
                                        BIÈRE.

    Nous apprenons du *Recüeil de
Litterature , de Philosophie & d'Histoire ,* p. 135. un fait assez singulier
sur lui. Voici ce qu'on y dit à son
sujet : » *Sorbiere* n'étoit pas sçavant :
» Il cherchoit à avoir commerce de
» Lettres avec tous ceux dont la ré-
» putation étoit grande , afin de don-
» ner de l'éclat à la sienne. Il étoit
» en assez grande liaison avec *Hobbes*
» & *Gassendi. Hobbes* écrivoit à *Sor-*
» *biere* sur des matieres Philosophi-
» ques , *Sorbiere* envoyoit ses Lettres
» à *Gassendi,* & ce que *Gassendi* répon-
» doit lui servoit pour répondre aux
» Lettres de *Hobbes* , qui croyoit
» *Sorbiere* grand Philosophe ; mais le
» jeu a été découvert. On auroit pu
dans cette occasion appliquer à *Sor-*
biere la Fable de *la Fontaine* , qui a
pour titre : *Le Geay paré des plumes
du Paon.*

SCIPION AMMIRATO.

S. AM-
MIRATO.

P. 109. L'Epître dédicatoire de ses *Familie Fiorentine* est adressée au Grand Duc *François*; mais elle se trouve dans peu d'exemplaires. L'Auteur la mit à la tête de ce livre, lorsqu'il le fit lui-même imprimer de son vivant; mais il s'en debita peu d'exemplaires, & il tomba en quelque maniere dans l'oubli, jusqu'à ce que *Scipion Ammirato* le jeune, le fit paroître de nouveau l'an 1615. comme d'une nouvelle édition, quoique ce fut la même que l'ancienne, avec un nouveau Frontispice, & une nouvelle Epître dédicatoire au Grand Duc alors régnant *Cosme II.* (*Journal de Venise*, tome 33. premiere partie, p. 306.)

PHILIPPE VERHEYEN.

P. 113. SOn *Anatomia corporis hu-* P. Ver-
mani a été réimprimée HEYEN.
fous le titre d'*Editio tertia, cum exem-*
plari secundæ ab ipso Autore recognita,
novis observationibus & inventis, plu-
ribusque figuris auctæ diligenter collata.
Neapoli 1717. *in-4°*. Le Supplément
se trouve dans cette édition à la suite
de l'Anatomie de même que dans la
seconde. Cet Ouvrage a été traduit
en Flamand & imprimé en cette Langue à *Bruxelles* en 1711. *in-8°*.

FRANCOIS HEDELIN
D'AUBIGNAC.

P. 124. CHapelain en parle ainsi F. H.
dans sa *Liste des gens de* D'AUBI-
Lettres. » C'est un esprit tout de feu, GNAC.
» qui se jette à tout, & qui se rire de
» tout, sinon à la perfection, au
» moins en sorte qu'il y a plus lieu de
» le loüer que de le blâmer. Il prê-
» che, il traite de la Poëtique, il
» fait des Romans profanes & allé-

F. H. » goriques. On a vû des Comédies
D'A u b i. » de lui & quelques Sonnets assez
g n a c. » approuvez. Il a pour tout cela une
» assez grande érudition, & son stile
» n'est pas des pires. Il commença à
» se faire connoître par une contesta-
» tion que *Menage* & lui eurent en-
» semble sur une Comedie de *Teren-*
» *ce*, dont le procès a été public.

Ajoûtez à ses Ouvrages.

Compliment fait à Monseigneur le Cardinal de Retz par M. Hedelin, Abbé d'Aubignac, portant la parole pour la Congrégation de la propagation de la foi, le 18. Mars 1652. (Paris) in-4°. Feuille de 4. pages.

Trois pieces de Theâtre, sçavoir :

Zenobie, Tragedie en Prose 1647. in-4°.

Sainte Catherine, Tragedie, in-4°.

Les deux Pucelles, Comedie en Prose 1642. in-12.

Chapitre ajoûté par M. l'Abbé d'Aubignac à sa *Pratique du Theâtre*, qui devoit être placé après le cinquié-me chapitre du quatriéme livre. Ce chapitre qui traite *des discours de pieté* dans les Tragedies, se trouve dans les *Mémoires de Litterature* du P. Des-molets, tome 6. p. 210.

P. 141. *Les Portraits égarez* indi-
quez au *N°.* 16. ont été imprimez à
Paris en 1660. *in*-12. pp. 111. Ce font
quelques portraits faits dans le goût
de ce temps-là, où l'on fe plaifoit à
ces fortes d'Ouvrages, qui ne font
guéres que les fruits d'un efprit oifif,
avec deux Sonnets à la fin. L'Abbé
d'Aubignac qui eft défigné dans le
Privilège par les Lettres *S. A. D.*
marque qu'il avoit paru l'année précedente un Recuëil de ces fortes de
Portraits, où les fiens n'avoient pu
être inferez, parce qu'ayant été com-
pofez en differens temps, ils fe trouverent alors égarez. C'eft ce qui l'a
engagé à donner à fon livre le titre
qu'il porte.

F. H.
D'AUBI-
GNAC.

MARC ZUERIUS
BOXHORNIUS.

P. 139. IL a donné une nouvelle
édition de l'Ouvrage fui-
vant, qui avoit déja paru la premiere
fois à *Bafle* l'an 1561. *in*-4°. *Pafcafii
Jufti Eclovienfis, Philofophiæ & Medicinæ Doctoris, Alea, five de curanda*

M. Z.
BOXHOR-
NIUS.

M. Z.
BOXHOR-
NIUS.

ludendi in pecuniam cupiditate libri duo. Amstelodami. Lud. Elzevir 1642. *in-*24. pp. 213. fans la Préface & l'Index. L'Epître dédicatoire de *Boxhornius* eſt adreſſée à *Juſte Turcaus*, Médecin & Bourgemeſtre de *Bergopſom*, petit fils de *Paſcaſius Juſtus*.

NICOLAS LEMERY.

N. LE-
MERY.

P. 220. **S**A *Pharmacopée univerſelle* a été traduite en Italien, & imprimée en cette Langue à *Venise* en 1720. *in-fol.* Son *Traité univerſelle des drogues* l'a été auſſi, & cette traduction a paru de même que la précédente en 1720. à *Venise in-fol.*

Le *Traité de l'Antimoine* l'a été pareillement par *Selvaggio Canturani*, & cette traduction a paru avant celle dont je viens de parler à *Venise* en 1717. *in-*8°.

Les diſſertations de ſa façon, qui ſe trouvent dans l'*Histoire de l'Academie des Sciences*, ſont les ſuivantes.

1. *Explication Chymique & Phyſique des feux ſouterrains, des trembles*

mens de terre , des ouragans. Année N. Le-
1700. MERI.

2. *Du Camphre.* Ann. 1705.

3. *Du miel & de son analyse Chymi-*
que. Ann. 1706.

4. *De l'urine de Vache , de ses effets*
en *Médecine , & de son analyse Chymi-*
que. Ann. 1707.

5. *Réflexions & experiences sur le*
sublimé corrosif. Ann. 1709.

Dans les Mémoires de *Trevoux ,*
Decembre 1707. p. 2084.

Réponse de M. Lemery aux Observations Critiques sur son Traité de
l'Antimoine , imprimées à Paris en
1707. *in-12.*

ANTOINE MAGLIABECCHI.

P. 221. SOn pere se nommoit *Marc* A. MA-
Magliabecchi, ou de *Ma-* GLIABEC-
glia-Becco , lieu de la Vallée de *Mu-* CHI.
gello , en Toscane , & mourut le 17.
Août 1640. Le nom de sa mere étoit
Genievre Baldoriotti.

Il apprit les premiers élemens de
la Langue Latine d'un certain *Jean*
Fabbri , Clerc de *Florence ,* qui te-

A. MA-
GLIABEC-
CHI.

noit une Ecole publique. Ensuite sa mere, qui le destinoit à l'Orfevrerie, lui fit apprendre les principes du dessein sous *Matthieu Rosselli* , qui étoit alors un fameux Peintre de *Florence*.

En 1649. il entra chez les *Guidi* & les *Comparini* , qui étoient des premiers Orfevres de *Florence* , n'ayant encore que 16. ans ; mais la mort de sa mere arrivée le 19. Juin 1653. lui laissa la liberté d'abandonner l'Orfevrerie, pour se donner entierement aux Lettres.

Il eut un frere, nommé *Jacques* , qui s'appliqua à l'étude du Droit , & fut reçu Docteur en cette Faculté le 13. May 1660. La même année de son Doctorat il fut aggregé à l'Academie *Degli Ombrosi* à *Florence* , où il recita plusieurs discours sçavans & des Poësies Latines. Il fut ensuite Auditeur de plusieurs Prélats de la Cour de *Rome* ; mais celui avec qui il demeura le plus long-temps en cette qualité fut *François Martelli* , Cardinal ; il demeura auprès de lui en Pologne pendant sa longue Nonciature en ce Païs. De retour à *Rome*

il

il obtint la place d'Auditeur du
Lieutenant Fiscal de la Chambre,
qu'il a remplie jusqu'à sa mort arrivée en 1700. le 15. Janvier, par une
attaque d'apoplexie.

A. MA-
GLIABEC-
CHI.

Antoine Magliabecchi a contribué
à la publication des Poësies Latines
d'*Henri de Settimello*, Curé de *Florence*, que *Danmius* publia en 1709.
à *Kemnits*, *in*-12.

Il a eu aussi beaucoup de part aux
additions que *Nicodemo* a faites à la
Bibliotheque Napolitaine de *Toppi*.

V. son Eloge par le Chevalier *An-
toine-François Marmi* dans le *Journal
de Venise*, *tom.* 33. *part.* 1. *p.* 1.

THOMAS LINACER.

P. 265. IL fut le 29. Avril 1519.
fait Chantre de l'Eglise
d'*York* ; mais il résigna ce Benefice au
mois de Novembre suivant ; il y en
a eu d'autres encore, mais dont on
ignore la qualité.

T. LI-
NACER.

Wood, dans *Athenæ Oxonienses*,
marque un livre de lui en Anglois,
Tome X. Part. II.

N

intitulé : *Regime abregé de santé en usage à Montpellier. Londres in-8°.*

JEAN-BAPTISTE THIERS.

J. B. THIERS. *P.* 342. IL est dit en cet endroit que *Thiers* fit son Ouvrage *de Autoritate negantis argumenti*, pendant qu'il étoit Regent au College du Plessis ; ce fait est faux. M. *de Launoy* dans sa réponse à cet Ouvrage, p. 184. dit qu'il étoit alors Professeur à *Chartres : Carnuti humaniores litteras nunc profitetur.* Au reste le Livre de *Thiers* n'est pas de l'an 1660, il parut pour la premiere fois en 1662. le titre est : *Exercitatio adversus Johannis de Launoy Dissertationem de autoritate negantis argumenti.*

JOSEPH PITTON DE TOURNEFORT.

J. P. DE TOURNE-FORT. *P.* 371. AJoûtez à ses Ouvrages le suivant.

Traité de la matiere médicale, ou l'Histoire & l'usage des médicamens,

& leur analyse Chymique ; avec les J. P. DE
noms des plantes en Latin & en Fran- TOURNE-
çois, leurs vertus, leurs doses, & les FORT.
*compositions, où on les employe. Ouvra-
ge posthume de M. Pitton de Tournefort
publié par M. Besnier. Paris 1717.
in-12. 2. vol. It. traduit en Anglois.
Londres 1718. in-8°.* On trouve à la
fin du second volume les Eloges de
M. *Tournefort*, par M. de *Fontenelle*
& par M. *Lauthier*.

JOSEPH SAUVEUR.

P. 409. L'Histoire de l'Academie J. SAU-
          des Sciences renferme les VEUR.
pieces suivantes de sa façon.

1. *Principes d'Acoustique & de Musique.* Ann. 1701. J'en ai déja parlé.

2. *Application des sons harmoniques
à la composition des jeux d'Orgues.*
Ann. 1702.

3. *Du frotement d'une corde autour
d'un cylindre immobile.* Ann. 1703.

4. *Methode generale pour former les
systêmes temperez de Musique, & du
choix de celui qu'on doit suivre.* Ann.
1707.

J. SAU-
VEUR.

5. *Construction generale des quarrez magiques.* Ann. 1710.

6. *Table generale des systêmes temperez de Musique.* Ann. 1711.

7. *Rapport des sons des cordes d'instrumens de Musique aux fleches des cordes : & nouvelle détermination des sons fixes.* Ann. 1713.

8. *Solution d'un problême proposé par M. de Lagny.* Ann. 1716.

❦

CHANGEMENS, CORRECTIONS
& Additions.

Pour le Tome cinquiéme.

ANTOINE VARILLAS.

P. 65. VOici ce qu'on trouve de
cet Auteur dans le *Car-*
penteriana, p. 440. » Il avoit, y fait-
» on dire à M. *Charpentier*, une rou-
» geur d'yeux qui lui étoit venuë à
» l'âge de deux ans & demi par une
» petite verole. Il m'a avoüé qu'il
» n'avoit jamais été propre qu'à l'étu-
» de, où il s'étoit appliqué à cause de
» cette incommodité. Il avoit six
» couvertures la nuit pendant l'été,
» & en ajoûtoit deux en hyver. Il
» étoit d'une complexion fort déli-
» cate : Il étoit obligé d'attendre qua-
» tre heures après son souper à se cou-
» cher, faute dequoi il ne digeroit
» pas, & le lendemain il avoit im-
» manquablement le dévoiement. Il
» ne pouvoit travailler plus de deux

A. VA-
RILLAS.

N iij

A. VV-
RILLAS.

» heures de suite à sa composition,
» parce qu'il le faisoit d'une extrême
» application : Au bout de deux heu-
» res il en mettoit deux à se reposer,
» & travailloit ensuite deux autres
» heures ; ce qui faisoit sa traite sé-
» rieuse du jour, qu'il commençoit
» depuis cinq heures du matin jus-
» qu'à sept, & depuis neuf jusqu'à
» onze. L'après-midi il se promenoit
» jusqu'à cinq heures, & ne faisoit
» guéres d'Ouvrages serieux aux au-
» tres heures du jour.

Si tout le monde avoit été prévenu aussi favorablement pour *Varillas*
que l'étoit M. *Huet*, ses Histoires ne
seroient pas tombées dans le mépris,
comme elles ont fait. Ce qu'il en dit
dans le *Huetiana* mérite de trouver
ici sa place. » Je suis bien éloigné,
» dit-il, du jugement que le public
» a fait des Histoires de *Varillas*.
» Non pas que j'approuve la liberté
» qu'il s'est donnée de proposer ses
» idées pour des faits constans. Ce
» n'est pas écrire ni rapporter l'his-
» toire, mais la composer & l'inven-
» ter. La loi de l'histoire lui permet-
» toit de proposer ses soupçons com-

» me des foupçons, mais non comme A. VA-
» des veritez certaines. Le public fe RILLAS.
» récria avec indignation & avec juf-
» tice, contre une telle licence, &
» on ne tarda pas à l'en faire repentir,
» en lui mettant devant les yeux les
» erreurs groffieres où la témerité d e
» fes conjectures l'avoit fait tomber.
» Il fe corrigea de fa hardieffe dans
» les Ouvrages fuivans, & n'avança
» rien fans donner de bons garants.
» Mais après tout, de tous ceux qui fe
» font mêlez d'écrire notre hiftoire,
» aucun ne l'a plus creufée que lui.
» La diligence & la conftance qu'il a
» apportée à cette étude n'eft pas
» croyable. Il ne s'eft pas contenté
» de lire avec application toutes les
» Hiftoires, tous les Mémoires, tou-
» tes les Relations que l'impreffion a
» renduës publiques. Il a feuilleté
» tous les anciens documens, dont il
» a pu avoir la communication. Il a
» porté fa curiofité dans les Hiftoires
» des peuples & des temps voifins de
» ceux qu'il vouloit illuftrer. Auffi
» n'y a-t'il point d'Hiftorien de notre
» nation, où il y ait tant à apprendre
» que dans celui-là. D'ailleurs il eft

A. VA- » surprenant qu'un homme de cette
RILLAS. » sorte, qui a passé sa vie dans les Ga-
» letas, & dans la plus épaisse crasse
» de l'Université, ait pu acquerir tant
» de connoissance des pratiques de la
» guerre, des usages de la Cour, du
» stile des négociations, & de la con-
» duite des affaires publiques. Quoi-
» que son langage ne soit pas dans
» une exacte pureté, son stile est no-
» ble, élevé, & vraiement histori-
» que; si vous le purgez seulement
» de quelques tours, qui lui sont fa-
» miliers, & dont la répetition trop
» fréquente lasse le lecteur. Il a em-
» brassé tant de matiere, que faute
» de Mémoire, ou peut-être d'exac-
» titude, il est tombé dans quelques
» contraditions. Mais on est ample-
» ment dédommagé de ces pertes,
» par l'abondance des nouveautez
» qu'il presente à son lecteur.

OTTAVIO FERRARI.

P. 85.
A Joûtez à ſes Ouvrages.

*Pallas ſuecica , Panegyricus ſueco-
rum Reginæ imperium auſpicanti dictus.
3. Editio 1651. in-8°.*

*De Laudibus Franciſci Putei. Pata-
vii 1651. in-8°.*

*Veneta Sapientia , ſeu de Optimo ci-
vitatis ſtatu Proluſio. Patavii 1675.
in-4°.*

ANDRE' VESAL.

P. 140.
CE que *Jean Metel* dit de
Veſal dans une Lettre à
George Caſſandre écrite de *Cologne* le
15. Avril 1565. & qui ſe trouve à la
p. 370. des *Ill. Virorum ſelectiores
Epiſtolæ à Belgis vel ad Belgas ſcriptæ,*
mérite d'être rapporté ici. Je citerai
ſes propres paroles. *Veſalius , certa
ſponſione pecuniæ , quo magis prædives
diteſteret , ex Hiſpania , ſuperiore anno
Hieroſolymam profectus eſt , neque ſe*

A. VE-
SAL.

mercatoribus, sed peregrinis comitem adjunxerat; sibique satis sordide de commeatu & annona providerat. Inde rediens, à quodam Georgio Bouchero, Nurembergense, ex Ægypto, civitateque Cayro redeunte, in itinere repertus fuit, quem is ad se pertraxit; ita ut navim suam ille, ut se comitem ei jungeret, reliquerit. Totos 40. dies tempestatibus acti, terram adpellere cum non possent, ipseque Vesalius nimis tenuiter, præ sordibus, sibi de pane aquaque providisset, ac multi morerentur, inque mare demum abjicerentur, animi languoribus ac timore, in morbum incidit, sæpe nautas rogans, ne se in mare, si moreretur, projicerent. Tandem Navicula Zacynthum adpulit, à qua, cum primum desiliisset, eam urbem ingrediens, ante ipsam portam mortuus est: cui saxum posuit is qui hæc refert, ejus comes. Hunc exitum viro alioqui claro nimius pecuniæ ardor dedit, quem multas in humani corporis partibus cognoscendis litteras extinguere debuisse tibi videretur.

MELLIN DE SAINT-GELAIS.

P. 201. UNe preuve qu'il doit
être mort en 1558. c'est
qu'il y a plusieurs Epigrammes Lati-
tines sur sa mort imprimées chez *Frederic Morel* en 1559. *in-4°.* D'ailleurs on voit par la page 20. de ses
Oeuvres imprimées à *Lyon* en 1574.
in-8°. qu'il vivoit encore le 21. Decembre 1557.

Sa *Genievre* est une imitation du
cinquiéme chant de *l'Orlando Furioso,*
où est racontée l'Histoire de *Genievre*
fille du Roi d'Ecosse. *S. Gelais* n'a-
cheva pas cette piece, où il n'y a que
310. vers de sa façon ; le reste est de
Jean-Antoine de Baïf.

Ce fut *S. Gelais*, qui à son retour
d'Italie apporta en France le sonnet
& le Madrigal.

P. 205. Sa Tragedie de *Sophonisbe,*
peut être regardée comme une traduction libre de la *Sophonisbe de*
Jean-George Trissino, Poëte Italien.
Ainsi on peut dire avec *du Verdier*
qu'il l'a composée ; & avec *la Croix*

M. DE
S. GE-
LAIS.

M. DE *du Maine* qu'il l'a traduite; non pas
S. GE- du Grec, comme il l'affure par une
LAIS.   méprife qui lui eft affez ordinaire,
mais de l'Italien.

FRANÇOIS EUDES
DE MEZERAY.

F. E. *P.* 295.MOnfieur l'Abbé *d'Oli-*
DE ME-   *vet* nous a donné dans
ZERAY.l'*Hiftoire de l'Academie Françoife* un
Eloge de *Mezeray*, qui me fournira
quelques Supplémens à ce que j'en
ai dit.

Dans le temps que *Mezeray* étudioit à *Caën*, il s'adonna beaucoup à
la Poëfie Françoife, & conçut même
une telle opinion de fa facilité à faire
des vers, qu'à l'âge de vingt ans il la
regardoit comme un talent capable
d'affurer & fa gloire & fa fortune.

Plein de cette idée, il vint à *Paris*
chercher fon illuftre compatriote *Nicolas Vauquelin des Yveteaux.* La premiere fois qu'il parut chez lui, il
entendit conter une Avanture galan-
te, dont auffi-tôt il réfolut de faire
une Comedie : Il rima pour cela

toute la nuit , & dès le lendemain son
premier Acte fut achevé. Il avoit cru
par une si grande diligence surpren-
dre agréablement M. *des Yveteaux* ,
& mériter ses bonnes graces. Mais le
sage vieillard lui fit honte de cette
facilité ; lui représenta que c'étoit un
défaut presque incorrigible , avec lequel on étoit sûr de ne faire jamais un
bon vers ; & prenant enfin un ton
d'autorité , lui conseilla sérieusement
de s'appliquer à la politique & à
l'Histoire , deux connoissances qui
pourroient servir à le pousser dans le
monde.

   Tout jeune qu'étoit *Mezeray* , il
se rendit à la solidité de ce discours,
& avec d'autant plus de soumission ,
que sa ressource la moins douteuse
consistoit dans le crédit de M. *des
Yveteaux* , qui en effet lui procura
peu de temps après , dans notre armée
de Flandres , l'emploi d'Officier-
Pointeur. Il ne le conserva que pendant deux Campagnes ; ce qui lui suf-
fit pour voir des armées de près , &
pour se familiariser avec les termes
de la Guerre ; afin qu'un jour , s'il
vouloit écrire , il pût éviter les fautes,

F. E.
DE ME-
ZERAY.

F. E. où tombent ces Auteurs, qui s'expo-
DE ME- sent à parler sur cette matiere, sans
ZERAY. en sçavoir la Langue. De retour à
Paris, il s'enferma dans le College
de *Sainte Barbe*, & là enseveli durant
six ou sept années dans un tas d'imprimez & de manuscrits, il s'adonna
à composer, & à amasser des materiaux pour son *Histoire de France*.

Son travail assidu lui ayant causé
une maladie qui fit desesperer de sa
vie, le Cardinal de *Richelieu* apprit
en même temps le nom, les projets,
& la maladie du jeune Historiogra-
phe, & sur le champ lui envoya cinq
cens écus d'or, dans une bourse or-
née de ses armes.

La pension dont la Cour le gratifia,
& qui lui fut ôtée ensuite, étoit de
quatre mille francs.

L'emploi de Secrétaire de l'Academie Françoise ne lui fut point donné,
comme à un écrivain correct ; mais
parce qu'il falloit alors pour le rem-
plir un homme laborieux & de bonne
volonté, ayant à faire en son parti-
culier le canevas du Dictionnaire,
pour préparer d'une assemblée à l'autre le travail de la compagnie.

Mezeray, dans le dessein de se faire un stile, commença par des traductions à se faire Auteur. M. l'Abbé
d'Olivet rapporte les deux suivantes,
dont M. *Larroque* ne fait aucune mention.

Les *vanitez de la Cour*, Ouvrage
traduit du Latin de *Jean de Salisbery*.
Paris 1640. *in*-4°.

La verité de la Religion chrétienne,
traduite du Latin de *Grotius*. *Paris*
1644. *in*-8°.

P. 323. Il a fait outre cela:

Histoire de la mere & du fils, c'est-à-
dire de *Marie de Medicis & de Louis
XIII. Roy de France & de Navarre*,
depuis l'an 1616. jusqu'en 1619. Par
François Eudes de Mezeray. *Amsterdam* 1730. *in*-4°. & *in*-12. 2. *vol*. Tel
est le titre de cet Ouvrage, où l'on a
mis mal à propos l'an 1616. pour l'an
1600. puisque c'est par-là que commence l'Histoire. M. *de Larroque* qui
en parle dans sa *vie de Mezeray*, p.
89. est persuadé que cet Auteur y a
travaillé dans sa jeunesse, & que ce
n'est point une production de *Mezeray* avancé en âge, comme il est facile de le reconnoître par le stile.

PHILIPPE DE LA HIRE.

P. 346. L'*Histoire de l'Academie des Sciences* contient les pieces suivantes de sa façon.

Année 1692.

Description d'un insecte qui s'attache à quelques plantes étrangeres, & principalement aux orangers.

Observation de la Planette de Venus, faite au mois de Novembre 1691.

Observation d'un Parelie, faite le 19. Mars 1692.

Nouvelle methode pour démontrer le rapport de la superficie de la Sphere, avec la superficie de son plus grand sercle, & avec la superficie du cylindre, qui a pour base ce même cercle, & pour hauteur le diametre de la Sphere, avec la quadrature de l'ongle cylindrique & de la figure des sinus.

Observation du passage de la Planette de Mars par l'Etoile nebuleuse de la constellation de l'Ecrevisse au mois de May 1692.

Des-

Description d'un tronc de Palmier P. DE LA
pétrifié, avec des réflexions sur cette pétri- HIRE.
fication.

Observation de l'Eclipse de Lune du
28. Juillet 1692.

Nouvelles experiences sur l'Aimant.

Observations de Jupiter & de Venus.

Année 1693.

Observation de la quantité d'eau de
pluye, qui est tombée à Paris pendant
les années 1689. 90. 91. 92.

Experiences sur la réfraction de la
glace.

Observations du passage de la Lune
par les Pleiades le 12. Mars 1693.

Experiences servant d'éclaircissement
à l'élevation du suc nourricier dans les
plantes.

Experiences touchant la régularité du
mouvement des ondes, qui se forment
dans l'eau, lorsqu'on y jette quelque
chose.

Description d'un insecte, qui s'attache
aux mouches.

Observations Physiques & Mathematiques.

Réflexions de M. de la Hire sur les observations Astronomiques faites dans les Indes par les RR. PP. Jesuites.

Remarques sur le sentiment de M. Vossius touchant les longitudes.

Année 1699.

Observation de l'Eclipse de Lune arrivée le 15. Mars 1699.

Explication de quelques effets singuliers, qui arrivent aux verres plans, comme sont les glaces de miroir.

Pour empêcher que l'humidité de l'air de la nuit ne s'attache au verre objectif des grandes lunettes.

Methode pour centrer les verres de lunettes d'approche en les travaillant.

Observation d'une Eclipse de l'œil du Taureau Aldebaram, ou Palilicium.

Examen de la force de l'homme pour mouvoir des fardeaux, tant en levant qu'en portant & en tirant, laquelle est considerée absolument & par comparai-

son à celle des animaux, qui portent & P. DE L
qui tirent comme les chevaux. HIRE.

Observation de l'Eclipse du Soleil du 23. Septembre 1699.

Année 1700.

Observations du Barometre, du Thermometre & de la quantité d'eau de pluye & de neige fonduë, qui est tombée à Paris, dans l'Observatoire Royal pendant l'année 1699.

Remarques sur les observations des réfractions tirées d'un livre intitulé : Refractio solis in occidui in Septentrionalibus Oris juffu Caroli XI. Regis Suecorum, &c. à Joanne Bilberg. Holmiæ. 1695.

Problême de Geometrie pratique.

Remarques sur la construction des horloges à pendule.

Methode generale sur les jets des bombes dans toutes fortes de cas proposez, avec un instrument universel qui sert à cet usage.

Observation des taches du Soleil, qui ont paru au mois de Novembre 1700.

Observation de la conjonction in-

P. DE LA *ferieure de la Planette de Venus avec le*
HIRE. *Soleil.*

Année 1701.

*Observations sur l'eau de pluye, qui
est tombée à l'observatoire pendant toute
l'année 1700. avec quelques remarques
sur le Thermometre. & sur le Barometre.*

*Observations des taches du Soleil,
qui ont paru vers les derniers jours du
mois de Decembre 1700.*

*Remarques sur l'Eclipse de Lune
arrivée le 22. Fevrier 1701.*

*Methode generale pour trouver la
difference en déclinaison & en ascension
droite de deux Astres qui sont peu
éloignez l'un de l'autre, en se servant du
Micrometre ordinaire.*

*Construction & usage d'un nouveau
reticule, pour les observations des Eclipses de Soleil & de la Lune, & pour
servir de Micrometre.*

*Remarques sur la mesure & sur la
pesanteur de l'eau.*

*Observations sur une Comete, faites
à Pau le 28. & le 31. Octobre par le
P. Pallu Jesuite, & rapportées à l'A-
cademie par M. de la Hire.*

Construction d'un nouvel Astrolabe universel. P. DE LA HIRE.

Observation de l'Eclipse de l'Etoile Aldebaram, ou œil du Taureau par la Lune le 23. Septembre 1701.

Année 1702.

Observations sur la quantité de pluye, qui est tombée à l'Observatoire pendant l'année 1701. avec quelques remarques sur le Thermometre & le Barometre.

Examen de la ligne courbe, formée par un rayon de lumiere, qui traverse l'Atmosphere.

Remarque sur la forme de quelques arcs, dont on se sert dans l'Architecture.

Observations d'une nouvelle Comete, qui a paru au mois d'Avril & de May 1702. avec quelques remarques sur les Cometes.

Observation sur une colonne de lumiere le 11. May 1702.

Observation sur une tache du Soleil.

Suite de l'examen de la ligne courbe que décrivent les rayons de lumiere en traversant l'Atmosphere.

P. DE LA
HIRE.

Examen de la force néceſſaire pour mouvoir les bateaux ; tant dans l'eau dormante que courante , ſoit avec une corde qui y eſt attachée , & que l'on tire , ſoit avec des rames , ou par le moyen de quelque machine.

Année 1703.

Obſervations tant ſur la quantité de pluye qui eſt tombée à l'Obſervatoire , que ſur le Thermometre & le Barometre pendant l'année 1702.

Obſervation de l'Eclipſe partiale de Lune arrivée le 3. Janvier 1703.

Obſervation d'une tache , qui a paru dans le Soleil au mois de Decembre 1702.

Remarques ſur l'eau de pluye & ſur l'origine des fontaines , avec quelques particularitez ſur la conſtruction des citernes.

Obſervations de pluſieurs taches , qui ont paru dans le Soleil au mois de May, Juin & Juillet 1703. cinq Mémoires.

Obſervation de l'Eclipſe de Soleil du 8. Decembre 1703.

Remarques ſur les inégalitez du mouvement des horloges à pendule.

Moyen pour faire monter un grand P. DE LA
Vaiſſeau ſur la Calle telle qu'elle eſt HIRE.
conſtruite dans le port de Toulon, ſans ſe
ſervir d'aucunes machines.

Année 1704.

Obſervation de la quantité d'eau de
pluye, qui eſt tombée à l'Obſervatoire,
avec les hauteurs du Thermometre, &
du Barometre pendant l'année 1703.

Obſervation de l'Eclipſe de Lune du
23. Decembre 1703.

Obſervation d'une tache, qui a paru
dans le Soleil au mois de Janvier 1704.

Obſervations du retour d'une des ta-
ches qui parut le 7. Janvier 1704. vers le
bout Occidental du Soleil.

Nouvelles remarques ſur les inſectes
des orangers.

Deſcription d'un lieu Geometrique,
où ſont les ſommets des Angles égaux
formez par deux touchantes d'une Cy-
cloide.

Conſtruction generale des lieux, où
ſont les ſommets de tous les Angles
égaux, droits, aigus, ou obtus, qui ſont
formez par les touchantes des ſections
coniques.

Observations de la conjonction de Jupiter avec la Lune, au matin du 24. Août 1704.

Description & usage d'un niveau d'une nouvelle construction.

Observation d'une petite tache dans le Soleil en Novembre 1704.

Observations sur l'Eclipse de Lune du 11. Decembre 1704.

Remarques sur les nombres quarrés, cubiques, quarré-quarrez, quarré-cubiques, & des autres degrez à l'infini.

Année 1705.

Observation de la quantité d'eau de pluye, qui est tombée à l'Observatoire pendant l'année 1704. avec les hauteurs du Barometre & du Thermometre, & des remarques sur les vents qui ont régné.

Comparaison des observations sur la pluye, & sur les vents, faites par M. de Pont-Brian au Château de Pont-Brian à deux lièües de S. Malo, & vers le bord de la mer, pendant l'année 1704. avec celles qui ont été faites à l'Observatoire en même temps.

Nouvelles constructions & considéra-
tions

tions sur les quarrez magiques, avec les P. DE LA
démonstrations. HIRE.

Construction des quarrez magiques
dont la racine est un nombre pair.

Année 1706.

Observation de la quantité d'eau de
pluye, qui est tombée à l'Observatoire
pendant l'année 1705. & de la hauteur
du Thermometre & du Barometre.

Remarques & réflexions sur la nature
des cataractes, qui se forment dans
l'œil.

Réflexions sur les apparences du corps
de la Lune.

Démonstration de l'apparence d'un
objet aussi grand que la Ville de Paris
sur le corps de la Lune, avec une lu-
nette de 25. pieds de foyer.

Observation de l'Eclipse de Lune du
28. Avril 1706.

Observation de l'Eclipse du Soleil du
12. May 1706.

Traité des Roulettes, où l'on démontre
la maniere universelle de trouver leurs
touchantes, leurs points de recourbe-
ment ou d'inflexion, & de réflexion ou
de rebroussement, leurs superficies &

Tome X. Part. II. P

leurs longueurs, par la Geometrie ordinaire : avec une methode generale de reduire toutes les lignes courbes aux Roulettes, en déterminant leur generatrice, ou leur base, l'une des deux étant donnée à volonté. Deux Mémoires.

Observation de l'Eclipse de Lune du 21. Octobre 1706.

Comparaison de l'observation de l'Eclipse de Lune arrivée en Avril 1706. & faite dans l'Isle de S. Domingue en Amerique, avec celle qui a été faite à l'Observatoire Royal.

Observation de la conjonction de Jupiter avec le cœur du Lyon, arrivée au mois d'Octobre 1706.

Année 1707.

Observation de la quantité de pluye, qui est tombée à l'Observatoire pendant l'année 1706. & sur le Thermometre & le Barometre.

Observations de Saturne, de Mars, & d'Aldebaram vers le temps de la conjonction de Saturne avec Mars, au mois de Septembre 1706.

Observation de l'Eclipse de Lune du 17. Avril 1707.

Machine pour retenir la roüe, qui P. DE LA
sert à élever le mouton, pour battre les HIRE.
*pilotis, dans la construction des Ponts,
des Quais, & autres ouvrages de cette
nature.*

*Réflexions sur le passage de Mercure
par le disque du Soleil au mois de May
1707.*

*Observation de la conjonction de Jupi-
ter avec Regulus, ou le cœur de Lyon au
mois de Juin 1707.*

*Quadratures de superficies cylindri-
ques sur des bases paraboliques, ellipti-
ques, & hyperboliques.*

*Observation de l'Eclipse de Lune du
mois d'Avril 1707. au port de Paix
dans l'Isle de S. Domingue.*

Nouvelle construction des pertuis.

Année 1708.

Des conchoides en general.

*Observations de la quantité d'eau de
pluye qui est tombée à l'Observatoire
pendant l'année 1707. & des hauteurs
du Thermometre & du Barometre.*

*Observation de l'Eclipse de la Pla-
nette de Venus le 23. Fevrier au soir
1708.*

P. DE LA HIRE.

Description d'un nouveau Barometre pour connoître exactement la pesanteur de l'air, avec quelques remarques sur les Barometres ordinaires.

Observation de l'Eclipse de Lune du 5. Avril 1708.

Observation d'un cercle lumineux autour du Soleil.

Explication Physique de la direction verticale, & naturelle des tiges des plantes, & des branches des arbres & de leurs racines.

Experiences & remarques sur la dilatation de l'air par l'eau bouillante.

Methode pour décrire de grands arcs des sections coniques, sans avoir leur centre, ni la grandeur d'aucun diametre.

Observation du passage de la Lune par les pleiades, le 10. Août 1708. au matin.

Observation de l'Eclipse du Soleil arrivée le 14. Septembre 1708. au matin.

Observation de l'Eclipse de Lune arrivée le 29. Septembre 1708. au soir.

Année 1709.

Observations de la quantité de pluye.

qui eſt tombée à l'*Obſervatoire* pendant P. DE LA
l'année 1708. avec les changemens qui HIRE.
ſont arrivez au *Thermometre & au Barometre,* par rapport à la chaleur &
aux ſaiſons.

Obſervations de la quantité d'eau de
pluye, & des vents, par M. le Comte
de Pont-Briand dans ſon Château à
deux lieüex de l'Oüeſt de S. Malo, comparées avec celles qui ont été faites à
Paris à l'Obſervatoire, pendant les
années 1707. & 1708.

Obſervations de l'eau qui eſt tombée à
Lyon pendant l'année 1708.

Obſervation de l'Eclipſe du Soleil du
11. Mars 1709.

Explication de quelques faits d'Optique, & de la maniere dont ſe fait la
viſion.

Obſervations de la péſanteur de l'At-
moſphere, faites au Château de Meu-
don, avec le Barometre double de M.
Huygens.

Année 1710.

Remarques ſur la conſtruction des
lieux Geometriques & des équations.
Obſervations de la quantité d'eau.

qui est tombée à l'Observatoire pendant l'année 1709. *avec l'état du Thermometre & du Barometre.*

Comparaison des observations faites à l'Observatoire sur la pluye & les vents, avec celles que M. le Marquis de Pont-Briand a faites dans son Château près S. Malo pendant l'année 1709.

Comparaison de ses observations avec celles de M. Scheuchzer sur la pluye, & sur la constitution de l'air pendant l'année 1709. *à Zurich en Suisse.*

Observations de l'Eclipse de Lune arrivée la nuit entre le 13. *& le* 14. *Fevrier* 1710.

Observation de l'Eclipse de Soleil arrivée le 28. *Fevrier* 1710.

Methode generale pour la division des Arcs de cercle ou des Angles, en autant de parties égales qu'on voudra.

Remarques sur le mouvement des Planetes, & principalement sur celui de la Lune.

Observations sur une espece de talc, qu'on trouve communément proche de Paris au-dessus des bancs de pierre de platre.

Année 1711.

Observations de la hauteur de l'eau, qui est tombée à l'Observatoire pendant l'année 1710. avec celles du Thermometre & du Barometre.

Comparaison de ses observations sur la hauteur de l'eau de pluye & sur le Barometre, avec celles que M. Scheuchzer a faites à Zurich en Suisse pendant l'année 1710.

Observation de la conjonction de Venus avec le cœur de Lyon en Septembre 1710.

Remarques sur quelques couleurs.

De la mesure des degrez de la penombre des corps, & de quelques-uns de ses effets particuliers.

Observation de l'Eclipse du Soleil arrivée le soir du 15. Juillet 1711.

Année 1712.

Observations sur la pluye, sur le Thermometre, & sur le Barometre à l'Observatoire pendant l'année 1711.

Comparaison des observations faites a Zurich sur la pluye & le Barometre

Changemens, corrections

P. DE LA HIRE. *avec les précedentes pendant la même année.*

Observation de l'Eclipse de Lune arrivée le 23. Janvier 1712. au soir.

Comparaison des Observations de l'Eclipse de Lune du 23. Janvier 1712, faites à Nuremberg par M. J. P. Wurselbaur, & à Paris à l'Observatoire.

Sur la construction des voutes dans les édifices.

Remarques sur la Geometrie de M. Descartes.

Année 1713.

Observations Méteorologiques à l'Observatoire.

Sur la hauteur de l'Atmosphere.

Proprietez des Trapezes.

Observation de l'Eclipse de Lune du 2. Decembre 1713.

Année 1714.

Observations sur l'eau de pluye, sur le Thermometre & sur le Barometre pendant l'année 1713.

Remarques sur la chûte des corps dans l'air.

Année 1715.

Année 1716.

P. DE LA
HIRE.

De la construction des Boussoles dont
on se sert pour observer la déclinaison
de l'aiguille aimantée.

Experiences sur le son.

Remarques sur l'obliquité de l'Ecliptique, & sur la hauteur du Pole d'A-
lexandrie.

Année 1717.

Observations Méteorologiques faites
à l'Observatoire pendant l'année 1716.

Observation de l'Eclipse de Lune
arrivée le 27. Mars 1717. au matin.

Observation de l'Equinoxe du Printemps de l'année 1717.

Construction d'un Micrometre universel pour toutes les Eclipses de Soleil
& de Lune, & pour l'observation des
Angles.

Recherches des dattes de l'invention
du Micrometre, des horloges à pendule,
& des lunettes d'approche.

Construction d'une horloge, qui marque le temps vrai avec le moyen.

Remarques sur l'Aimant.

Observation de l'Eclipse de Lune du
20. Septembre 1717.

Année 1718.

*Observations Meteorologiques faites
à l'Observatoire pendant l'année 1717.*

*Observation de l'Eclipse de l'Etoile
Aldebaram par la Lune.*

*Observation de l'Eclipse de Soleil du
2. Mars 1718.*

On voit dans le *Journal des Sçavans* les pieces suivantes, qui viennent de lui.

1. *Lettre touchant un problême con-
tenu dans la Methode Geometrique de
M. Halley.* Journal du 15. Avril
1677.

2. *Nouvelle découverte dans les sections coniques pour leurs Asymptotes.*
Journ. du 25. Avril 1678.

3. *Démonstration de l'impossibilité du
mouvement perpétuel.* Journ. du 1.
Août 1678.

4. *Nouvelle découverte des yeux de
la mouche & autres insectes volans,
faite à la faveur du microscope.* Journ.
22. Août 1678.

5. *Maniere universelle pour faire des
Cadrans solaires.* Journ. du 1. Juillet
1680.

P. DE LA
HIRE.

6. *Nouvelle invention d'horloges à sable pour les voyages de mer.* Journ. du 11. Septembre 1684. On la trouve aussi dans la *République des Lettres*, Septembre 1684.

7. *Explication & construction d'une nouvelle machine, qui montre toutes les Eclipses tant passées que futures.* Journ. du 19. Fevrier 1685.

8. *Dissertation sur la conformation de l'œil.* Journ. du 30. Juillet & du 26. Août 1685.

9. *Réflexions sur la machine qui consume la fumée inventée par M. Dalesme.* Journ. du 1. Avril 1686.

10. *Observations d'une tache qui a paru sur le disque du Soleil vers la fin du mois d'Avril & au commencement de May 1686.* Journal. du 12. Août 1686.

11. *Observation de l'Eclipse de Lune du 10. Décembre 1685.* Journ. du 11. Novembre 1686.

12. *Lettre sur une régle de l'Ecole des Arpenteurs.* Journ. du 23. Avril 1691.

13. *Description de l'Aimant, qui s'est trouvé dans le clocher neuf de Notre-Dame de Chartres.* Journ. du 3. Décembre 1691.

14. *Découverte & observation d'une* P. DE LA *Comete pendant le mois de Septembre* HIRE. 1698. Journal. du 24. Novembre 1698.

15. *Description & usage de la bourse noire qui se trouve seulement dans les yeux des oiseaux.* Journal du 2. Fevrier 1699.

Dans les *Mémoires de Trevoux.*

Examen d'une Dissertation sur la cause de la continuation du mouvement dans les corps, Fevrier 1702.

A.B.

⋇⋇⋇⋇⋇⋇⋇⋇⋇⋇⋇⋇⋇⋇⋇⋇⋇⋇⋇⋇⋇⋇⋇⋇⋇⋇⋇⋇

CHANGEMENS, CORRECTIONS
& *Additions.*

Pour le Tome sixiéme.

GILBERT BURNET.

G. Bur- *P.* 42. **A** Joûtez à ſes Ouvrages les
NET. ſuivants.

Lettre de l'Evêque de Salisbury à l'Evêque de Coventry & de Lichfield (Guillaume Lloyd) ſur un livre publié depuis peu ſous le titre d'Echantillon de quelques erreurs & de quelques défauts, qui ſe trouvent dans l'Hiſtoire de la réformation de l'Egliſe d'Angleterre (en Anglois) Londres 1693. in-4°. pp. 29. L'Auteur de l'Echantillon eſt *Henri Wharton*, comme on le verra dans ſon article.

Sermon prêché devant la Chambre des Communes d'Angleterre par Gilb. Burnet, le 31 *Janvier* 1688. *jour d'action de grace pour la délivrance de ce Royaume du Papiſme, ſur les paroles du Pſeaume* 144. 15. *Amſterdam* 1689. in-12.

Sermon prononcé par *Gilb. Burnet* G. Bur-
sur les paroles du *Pf.* 98. 23. trad. de NET.
l'Anglois. *Amfterdam* 1689. *in-*12.

Sermon prononcé au couronnement de
Guillaume III. Roi d'Angleterre par
Gilb. Burnet sur les paroles du *II.* de
Samuël XXIII. v. 3. & 4. Amfterdam
1689. *in-*12.

*Gilberti Burneti, Epifc. Sarisb. de
prædeftinatione & Gratia Tractatus.
Berolini* 1701. *in-*8°. Je ne connois
cet Ouvrage que par le Catalogue de
la Bibliotheque de *Vilenbroek.*

Il eft auffi l'éditeur de l'Ouvrage
fuivant : *Les dernieres paroles de Louis
du Moulin, ou rétractation des réflexions
injurieufes qu'il a faites dans fes differens
Ouvrages, fur plufieurs Theologiens de
l'Eglife Anglicane, fignée de fa propre
main le* 7. & le 17. *Octobre* 1680. (en
Anglois) *Londres* 1680. *in-*4°.

JACQUES OZANAM.

P. 55. AJoûtez à la liste de ses Ouvrages les suivans.

Traité de la fortification, contenant les methodes anciennes & modernes pour la construction & défense des Places, & la maniere de les attaquer, expliquées plus au long qu'elles n'ont été jusqu'à present. Paris 1694. in-8°.

La perspective Theorique & pratique, où l'on enseigne la maniere de mettre toutes sortes d'objets en perspective, & d'en representer les ombres causées par le Soleil, ou par une petite lumiere. Paris 1711. in-8°.

La Geographie & Cosmographie, qui traite de la Sphere, des corps célestes, des differens systêmes du monde, du Globe & de ses usages. Paris 1711. in-8°.

Ozanam a donné de plus dans le Journal des Sçavans les pieces suivantes.

1. *Démonstration de ce Théorême : que la somme ou la difference de deux quarré-quarrez ne peut être un quarré-quarré.* Journ. du 20. May 1680.

2. *Ré-*

2. *Réponse à un problême proposé par* J. Oza-
M. Comiers. Journ. du 17. Novem- NAM.
bre 1681.

3. *Démonstration d'un problême tou-*
chant les racines fausses imaginaires.
Journ. du 2. & du 9. Avril 1685.

4. *Methode pour trouver en nombres*
la racine cubique, & la racine surfolide
d'un binome, quand il y en a une.
Journ. du 9. Avril 1691.

Dans les *Mémoires de Trevoux.*

Réponse aux principaux articles, qui
font dans le 23. Journal de Paris de l'an
1703. touchant la premiere partie de fon
Algebre. Decembre 1703. p. 2214.

Je ne trouve rien de lui dans l'*Hi-*
ftoire de l'Academie des Sciences.

FRANCOIS PHILELPHE.

R. 84. **B**Aillet dans fes *Jugemens des* F. Phi-
Sçavans lui attribuë une Lelphe.
traduction Latine d'*Appien Alexan-*
drin ; furquoi M. de *la Monnoye* a
fait cette remarque : » *Petrus Candi-*
» *dus December* dès le milieu du 15.
» fiécle avoit traduit *Appien* de Grec
» en Latin. *Philelphe* ennemi juré de

F. Phi-
LELPHE.

» ce traducteur , entreprit de donner
» une version meilleure de beaucoup.
» Il commença en 1465. à la promet-
» tre ; le prétexte du retardement
» fut l'attente d'un manuscrit dont il
» avoit besoin ; enfin le 20. Fevrier
» 1470. écrivant à un de ses amis, il
» lui manda qu'ayant reçu depuis
» peu le manuscrit il n'avoit pas dif-
» féré d'un seul moment à traduire ;
» qu'il y en avoit déja deux livres de
» faits, & qu'il esperoit achever dans
» le mois de May prochain. La pro-
» pre veille de ce mois il écrit à *Fran-*
» *çois d'Arezzo* que le travail est fort
» avancé , & qu'il ne manquera pas ,
» sitôt qu'il sera fini , de le lui en-
» voyer. Cependant on ne voit pas
» que dans tout le reste de ses lettres ,
» qui vont jusqu'au 24. Juillet 1473.
» il en fasse aucune mention. Il n'en
» a point parlé ailleurs non plus ,
» quoiqu'il ait vécu onze ans depuis ,
» & ce qu'il y a de sûr , c'est que cette
» traduction , quoique rapportée
» dans le Catalogue de ses Oeuvres ,
» n'a jamais paru ni imprimée , ni
» manuscrite.

P. 85. N°. 11. *Vivés* n'a loüé les

deux livres des Festins de *Philelphe*, **F. Phi-**
que parce qu'en qualité de Profes-**lelphe.**
seur, bien jeune encore, il les expli-
quoit publiquement ; semblable en
cela aux Prédicateurs qui ne man-
quent jamais de mettre au-dessus, ou
tout au moins côte à côte des plus
grands Saints celui dont ils font le
Panégyrique. L'Ouvrage de *Philelphe*
fut imprimé à *Cologne* en 1537. *in-8°.*
Le témoignage de *Vivés* s'y voit étalé
en sept ou huit lignes au bas du titre,
pour exciter la curiosité des dupes.
(*La Monnoye*)

P. 86. *N°.* 20. L'édition des *Odæ*
& Carmina faites à *Bresse* en 1497.
in-4°. n'est pas la seule que l'on ait ;
il s'en trouve une *in-8°.* faite à *Paris*
chez *Jean Cranjon* sans datte.

P. 87. *N°.* 21. Il y a quelques éditions anciennes de ses Lettres dont je
n'ai point parlé.

J'en ai vû une qui a pour titre :
Francisci Philelelfi Equitis Aurati nec
non Oratoris excellentissimi, Poetæque
Laureati familiares & admodum élegan-
tes Epistolæ pueris sane perutiles, atque
necessariæ senibus & jucundissima, à
mendis nuper innumeris impressorum in-

F. PHI- *curia vel correctorum inscitia & negligen-*
LELPHE. *tia expurgatæ, quibus adjecta sunt Fausti*
Poetæ Laureati Epistolarum conficienda-
rum viginti Præcepta. In officina Hed-
mondi le Fevre Parisiensis Bibliopolæ
in-4°. sans datte.

Il est fait mention d'une autre dans
le Catalogue de la Bibliotheque de
Vilenbroek sous ce titre : *Fr. Philelphi*
Epistolarum Familiarium libri XVI. ab
anno 1427. *ad annum* 1461. *in-4°.* sans
datte & sans nom d'Imprimeur & de
lieu ; mais que les Editeurs de cette
Bibliotheque jugent être de l'an
1476.

Son livre de l'Education des enfans
a paru sous ce titre : *Educatio puero-*
rum. Basileæ 1544. *in-4°.* J'ai parlé
dans mes premieres additions d'une
traduction Françoise de ce traité.

Je ne sçai ce que c'est qu'un livre
cité par *Haym* dans sa notice des livres Italiens, qu'il intitule : *Dell'*
immortalita dell' anima, in modo di
Dialogo, di Francesco Philelpho. In
Cosenza 1478. *in-4°.*

Le Catalogue de la Bibliotheque
de *Vilenbroek* rapporte un Ouvrage
de *Marius Philelphe* fils de François,

fous ce titre : *Marii Philelphi Epiſto-* F. Phy-
læ, Octingintâ genera complectentes, lelphe.
*quorum ſingula in tria membra partita
ſunt. Quibus præponuntur ejuſdem Philelphi Artis Rhetoricæ Præcepta. Pariſ.
per Nicolaum de Pratis, in-4°.* ſans
année. On voit à la tête une Lettre de
Marius Philelphe à Louis Mondellus
dattée d'*Urbin* le 8. Fevrier 1477.
par laquelle il lui adreſſe le manuſ-
crit unique de cet Ouvrage, à con-
dition qu'il ne le communiqueroit à
perſonne. *Mondellus* cependant crût
devoir le donner en public après la
mort de *Marius*, comme il paroît
par la Lettre qu'il écrivit ſur ce ſujet
à *Octavien Ubaldini*, & qui eſt du 29.
Avril 1481. datte qui fait voir que
Marius étoit mort quelque-temps
auparavant. Ce livre eſt extrêmement rare.

GISBERT CUPER.

G. Cu-P. 96. ON trouve dans le *Recüeil de Litterature , de Philoso-*
PER. phie *&* d'Histoire imprimé à *Amster-*
dam en 1730. *in*-12. deux Lettres Latines de *Cuper* à M. de *la Croſe* ſur
ſes diſputes avec le P. *Hardouin* ; la
premiere du 13. Mars 1708. & la ſeconde du 2. Août de la même année.

GASPAR BARTHOLIN.

G. BAR-P. 130. AJoûtez au Catalogue de
THOLIN. ſes Ouvrages les deux
ſuivans.

1. *Exercitat. de Autoritate S. Scriptu-
ra. Haſniæ* 1627. *in*-4°.

2. *Epiſtolæ duæ de Ruſmate Turca-
rum ad Johannem Bauhinum, & de
Remediis Chymicis Secretioribus ad
Philippum Mullerum.* Ces Lettres,
qui ſont de l'an 1610. ont été publiées par *Thomas Bartholin* ſon fils
dans ſa *Ciſta Medica Haſnienſis. Haſ-
nia* 1662. *in*-8°. Loc. 17.

V. Joh. Molleri Hypomnemata ad G. BAR-
librum Alberti Bartholini de ſcriptis THOLIN-
Danorum.

THOMAS BARTHOLIN.

P. 133. IL a eu deux femmes ; la T. BAR-
premiere qu'il épouſa en THOLIN-
1649. ſe nommoit *Eliſe* & étoit fille
de *Chriſtophe Joannæus*, Bourguemeſ-
tre de *Copenhague*. Il ſe maria avec la
ſeconde, nommée *Madeleine Rhodia*
en 1678. Il n'eut point d'enfans de
celle-ci ; mais il en eut huit de la
premiere, cinq garçons & trois filles,
comme il le marque lui-même dans
un endroit de ſes Poëſies, où il dit :

Quinque mihi ſunt filioli ; ſunt filiolæ tot
Quot Charites ; ſed tres nomina quinque
    ferunt.

Les cinq garçons ſont ; 1°. *Gaſpar*,
Profeſſeur en Médecine ; 2°. *Chriſto-*
phe, Profeſſeur en Mathématique ;
3°. *Thomas*, qui l'a été en Hiſtoire ;
4°. *Jean*, qui l'a été en Théologie ;
5°. *Albert*, dont on ne nous apprend
rien.

T. BAR- Les filles font ; 1°. *Marguerite*
THOLIN. qui s'est renduë célèbre par son ha-
bileté dans la Poësie Allemande,
& qui a été mariée à *Christ. Muller*,
Seigneur de *Katterup* ; 2°. *Anne-
Marguerite*, qui épousa *Oliger Ja-
cobæus*, Docteur & Professeur en
Médecine ; la troisiéme n'est point
nommée.

Il se fit lui-même son Epitaphe
long-temps avant sa mort, & la fit
mettre sur le lieu où il vouloit être
enterré. La voici :

Thomas Bartholinus,
Professor Medicinæ honorarius, spe
futuræ quietis, quam vivus animo pos-
sedit & corpori optavit, ut posteritati suæ
interesset superstes sibi suisque M. H. F.
1663.

P. 147. N°. 56. L'Auteur dont il
est parlé en cet endroit, sous le nom
de *Chretien Theophile*, est *Thomas
Bartholin* lui-même, qui s'est caché
sous ce nom. Il faut rapporter ici ce
qui donna occasion à cet Ouvrage.
Bartholin ayant publié sa *Disquisitio
medica de sanguine vetito cum Cl. Sal-*
masio

masu judicio. Francofurti 1673. *in-*8°. T. BAR-
où il prétendoit qu'il n'étoit pas per- THOLIN.
mis de manger du sang des animaux,
fut attaqué sur ce sujet par *Jean*
Wandalinus, Professeur en Théologie à *Copenhague*, dans une These
de sanguinis & suffocatorum Animalium
esu inter Christianos haud illicito. Haf-
nia 1675. *in-*4°. qui, quoiqu'imprimée, ne fut point soûtenuë, parce
que *Wandalinus* mourut avant qu'elle
put l'être le 1. May 1675. *Bartholin*
y répondit dans l'Ouvrage qu'il publia sous le nom de *Chretien Theo-*
phile, & qui a pour titre : *Christiani*
Theophili de sanguine vetito disquisitio
uberior pro Thoma Bartholino, contra
D. Joh. Wandalinum. Accessit ejusdem
Bartholini de sanguinis abusu disputa-
tio. Hafnia 1676. *in-*8°. *Wandalinus*
trouva un défenseur dans la personne
d'un de ses fils, nommé comme lui,
qui réfuta *Bartholin* dans un écrit
intitulé : *Vindicia libertatis Christiana*
circa sanguinem Escarium. Wittebergа
1679. *in-*8°. La dispute en demeura-là;
car *Bartholin* étant mort l'année suivante n'eut pas le temps de repli-
quer.

Tome X. Part. II. R

T. BAR-
THOLIN.

P. 147. *Herman Grube*, Médecin
de *Lubec*, Auteur des livres citez au
N°. 53. & 54. y est mal appellé
Grabe.

Le nombre des Ouvrages de *Thomas Bartholin* est si grand, qu'il est
difficile d'en donner une liste complète. Mais quelque grand qu'il soit,
il y a une exagération insupportable,
& digne d'un Poëte Italien, dans ces
vers que *Balthasar Bonifacio* fit à sa
loüange, dans un temps où *Bartholin*
étoit encore jeune, & où par conséquent il ne pouvoit pas encore en
avoir publié tant.

Hujus scripta Viri quicumque recenset
    & annos,
Tot poterit libros, quot numerare dies.

Il a donné lui-même plusieurs fois
le Catalogue de ses Ouvrages. Il l'a
publié à *Padoue* en 1643. & à *Palerme*
en 1644. L'édition qu'il en fit faire à
Copenhague en 1667. *in-4°*. est la 9. &
n'a pas été la derniere.

Supplement au Catalogue de ses
Ouvrages.

1. *Paradoxa Endoxa de Pleuritide.*

loco disputationis inauguralis proposita. T. BAR-
Basileæ. 1645. *in-*4°.   THOLIN.

2. *Controversiarum Medicarum De-*
cas. Hafniæ 1653. *in-*4°. c'est une
These.

3. *Disputatio de Variolis Epidemiis.*
Hafniæ 1656. *in-*4°.

4. *Disputationes duæ, de usu integu-*
mentorum partium Humani corporis
communium. Hafniæ 1656. *in-*4°.

5. *Dissertatio de usu Thoracis & par-*
tium ejus. Hafniæ 1657. *in-*4°.

6. *Castigatio Epistolæ Maledicæ Lu-*
dovici Bilsii, contra Thomam Bartho-
linum, in qua Bilsianæ artes detegun-
tur, & Professoria dignitas vindicatur.
Hafniæ. 1661. *in-*8°. It. *Amstelodami*
1667. *in-*12. *Bartholin* s'est caché dans
cet Ouvrage sous le nom de *Nicolaus*
Stephanus Hafniensis.

7. *De Hepatis Exautorati desperata*
causa, cum præcipuis Europæ Medicis,
concertatio. Hafniæ. 1666. *in-*8°. It.
parmi ses *Opuscula Medica,* Ibid.
1670. *in-*8°.

8. *Oratio in Obitum Johannis Mule-*
nii. Hafniæ 1669. *in-*4°. avec le Catalogue de la Bibliotheque de *Mulen.*

9. *Epistolæ duæ de cerebro & oculo-*

R ij

T. BAR-*rum suffusione, artificioque humores*
THOLIN. *illorum restituendi Burrhiano, ad Franc.*
Jos. Burrhum, cum totidem hujus Res-
ponsoriis. Hafniæ 1669. in-4°. J'avois
déja indiqué ces Lettres au *N°.* 51.
mais d'une maniere trop abregée.

10. *Quæstiones septem nuptiales*
nuptiis Petri Schumakeri consecratæ.
Hafniæ 1670. in-4°.

11. *Oratio de Medico perfecto in*
obitum Pauli Mohtii, Archiatri Regii.
Hafniæ 1670. in-4°. Ce discours a été
marqué, mais imparfaitement au
N°. 65. *Paul Moht* mourut le 6. May
1670. âgé de 70. ans.

12. *Oratio de Rectoris Academici di-*
gnitate. Hafniæ 1671. in-4°.

13. *Programmata duo de Visitatione*
Pharmacopæorum. Hafniæ 1672. &
1673. in-4°.

14. *Lettre de consolation à sa belle-*
sœur, sur la mort de Gaspar Bartholin,
Jurisconsulte, son mari. (en Danois)
Copenhague 1678. in-8°.

15. *Chronotaxis scriptorum Veteris*
& novi Testamenti sacrorum & profa-
norum. Hafniæ 1674. in-fol.

16. *Propempticon ad Theodorum*
Fuirenium Juniorem. Hafniæ 1674.
in-4°.

17. *Oratio gratulatoria ad Petrum* , T. BAR-
Comitem à Greiffenfeld , *publice habita.* THOLIN.
Hafniæ 1674. *in-fol.*

18. *Panegyricus de Victoria Wan-
dalica & expugnatione Wifmariæ ad
Chrift. V. Regem Daniæ. Hafniæ* 1676.
in-4°.

19. *Differtatio Hiftorica de Equeftris
Ordinis Danebrogici à Chrift. V. Daniæ
Monarcha nuper inftaurati , Origine.
Ad Petrum Comitem à Greiffenfeld.
Hafniæ* 1676. *in-fol.*

20. *Numifmata Danorum , Vicina-
rumque Gentium , à Joh. Mulenio , Tri-
bunalis & Cameræ Regiæ Affeffore Collecta. Hafniæ* 1670. *in-4°.* Bartholin eſt
l'Editeur de cet Ouvrage.

21. *Catalogus & Taxa Medicamen-
torum Officinalium. Hafniæ* 1672. *in-4°.*

22. Il a traduit auſſi en Danois
l'Ouvrage de *Grotius de veritate Re-
ligionis Chriftianæ* , & ſa traduction a
été imprimée à *Copenhague* l'an 1678.
in-12.

V. *Joh. Molleri Hypomnemata ad
librum Alberti Bartholini de fcriptis
Danorum.*

ANTOINE GALLAND.

A. GAL-
LAND.

P. 195. **A** Joûtez à ses Ouvrages,
Trois Lettres touchant
la Critique de M. Guillet sur le voyage
de Grece de Jacob Spon. Elles se trouvent à la p. 219. de la *Réponse de M.*
Spon à cette Critique, imprimée à
Lyon en 1679. *in-12.*

HONORE' D'URFE'.

H. D'UR-
FE'.

P. 223. » **M** Onsieur *d'Urfé* ne fai-
» soit pas si bien des
» vers qu'il écrivoit en Prose, cepen-
» dant il ne pouvoit s'empêcher d'en
» faire, quoique *Malherbe* eut fait
» tout ce qu'il eut pu pour l'en dé-
» tourner, en lui representant qu'il
» n'avoit pas assez de talent pour ce-
» la, & qu'un Gentilhomme comme
» lui devoit éviter le blâme de passer
» pour un mauvais Poëte. Si ses vers
» sont méchans, sa Prose en récom-
» pense est admirable par les senti-
» mens d'amour dans lesquels il

« avoit pénetré plus que personne H. D'Ur-
» n'avoit jamais fait. (*Segraisiana*, F E'.
» p. 145.

N°. 2. On a une traduction Italienne de ses Epîtres. *Epiſtole Morali
del Sign. d'Urfe tradotte da Romeo Bocchi, nobile Bolognese. In Bologna* 1603.
in-12. Orlandi s'eſt trompé dans ſes
Scriptori Bolognefi, en diſant que ce
Romeo Bocchi floriſſoit en 1524. Il
n'auroit pu en ce cas faire la traduction de cet Ouvrage, qui ne fut imprimé en François qu'en 1603. Il a
voulu dire apparemment 1624.

N°. 3. L'*Aſtrée* a été traduite auſſi
en Italien par *François Perſiani*, &
cette traduction a été imprimée à
Venise en 1637. *in-*4°. mais je ne ſçai
ſi elle eſt compléte.

Ajoûtez aux Ouvrages citez.

La Silvanire Paſtorale en vers non
timez à la façon des Italiens, *in-*8°.

GERARD CROESE.

G. Croe-
s e.

P. 248. SOn Histoire des *Quakers* a
été traduite en Anglois &
imprimée en cette Langue à *Londres*
en 1696. *in-*12. Un *Quaker* zelé pour
sa Secte a prétendu relever plusieurs
fautes qu'il y a faites, & a publié
pour cela contre elle un livre intitulé : *Dilucidationes quædam valde ne-*
cessariæ in Gerardi Croesii Historiam
Quakerianam editæ à Philaletha. Ams-
telodami 1696. *in-*8°.

PIERRE BAYLE.

P. Bay-
l e.

MOnsieur *des Maizeaux* a mis à
la tête de la nouvelle édition
du Dictionnaire de *Bayle*, une vie
fort ample & fort circonstanciée de
ce Sçavant, qui me servira à faire un
bon supplément à son article.

P. 251. Son pere, qui étoit d'une
bonne famille originaire de *Montau-*
ban, s'appelloit *Jean*, & non pas
Guillaume, comme je l'ai nommé.

Ibid. Il ne demeura pas long- P. Bay-
temps à *Puylaurens*, où il arriva le L E.
12. Fevrier 1666. Au mois de Septembre fuivant, ayant profité du
temps des vacances pour aller voir
fa famille, l'ardeur avec laquelle il
fe livra à l'étude pendant ce temps
deftiné à la diffipation, le fit tomber
malade. A peine fut-il gueri, que fe
livrant de nouveau à fa paffion dominante, il retomba, & eut ainfi plufieurs rechutes, qui le retinrent au
Carla plus de dix-huit mois. On
l'envoya le 29. May 1668. à *Saver-*
dun chez M. *Bayze*, qui avoit époufé
Paule de Bruguiere fa tante, pour le
faire changer d'air, & l'éloigner de
l'étude. Mais malheureufement il y
trouva des livres ; M. *Rival*, Minif-
tre de cette Ville, en avoit un très-
grand nombre ; & ce fut pour le
jeune *Bayle* une tentation, qui lui
penfa couter la vie. Des lectures prefque continuelles lui cauferent une
fiévre dangereufe, dont il fut long-
temps à fe remettre. Dès qu'il fut
en état de fortir, on le fit tranfpor-
ter à une Maifon de campagne de
M. *Bayze*, fituée fur les bords de

P. Bay-l'*Ariege*. Le souvenir des doux mo-
LE. mens, qu'il avoit passez auprès de
cette Riviere, l'a engagé à lui con-
sacrer un article dans son *Dictionaire.*

Dès qu'il fut rétabli, c'est-à-dire
le 27. Septembre 1668. il retourna
au *Carla*, & le 5. Novembre suivant
à *Puylaurens*, pour y continuer ses
études. Il les reprit avec une nouvelle ardeur, mêlant toûjours à ses
exercices Académiques la lecture de
tous les livres, qui lui tomboient
entre les mains, sans en excepter les
livres de controverse : Mais *Plutar-
que* & *Montagne* étoient ses Auteurs
favoris.

Le long séjour qu'il avoit fait chez
son pere, avant que d'aller à l'Académie, & les fréquentes maladies,
qu'il eut ensuite avoient si fort retardé ses études qu'il ne commença sa
Logique qu'à 21. ans. Ainsi ce n'est
pas sans raison qu'il s'est plaint dans
un de ses Ouvrages, qu'*il avoit commencé tard à étudier.*

Bayle embrassa la Religion Catholique le 19. Mars 1669. Ce que j'ai
dit après le *Menagiana*, p. 254. de
M. *Bertier*, Evêque de *Rieux*, trouve

ſon éclairciſſement dans une Lettre **P. BAY?**
anecdote de *Bayle* rapportée par M. **L E.**
des *Maizeaux*. J'en tranſcrirai ici ce
qu'il y a de perſonnel à notre Sçavant.
» Ayant fait, dit-il, mes études de
» Grammaire, de Latin & de Rhéto-
» rique, ou chez mon pere, ou à
» l'Académie de *Puylaurens*, je com-
» mençai ma Philoſophie à la même
» Académie, & pouſſai feulement
» cette étude pendant quatre ou cinq
» mois, après quoi j'allai à *Toulouſe*
» tout plein de doutes ſur ma Reli-
» gion par des lectures de livres de
» controverſe. Je me trouvai logé
» avec un Prêtre, qui diſputant avec
» moi, ne fit qu'augmenter mes dou-
» tes, & après tout me perſuader que
» j'étois dans une mauvaiſe Religion.
» J'en ſortis, & je continuai ma Phi-
» loſophie dans le College des Jeſui-
» tes de *Toulouſe*. M. l'Evêque de
» *Rieux*, dans le Dioceſe duquel
» j'étois né, ayant ſçu mon change-
» ment, & l'indignation de ma fa-
» mille contre moi, & d'ailleurs
» que j'étois ſtudieux & de bonnes
» mœurs, & de quelque ſorte d'eſ-
» prit, m'honora de ſa protection,

F. BAY-
C B.

» & me donna de quoi payer ma pen-
» fion, ne recevant rien de chez moi,
» à caufe de l'indignation de mon
» pere. J'achevai ainfi ma Philofo-
» phie, c'eſt-à-dire, que je demeu-
» rai à *Toulouſe* pendant dix-huit
» mois, après quoi les premieres im-
» preffions de l'éducation ayant rega-
» gné le deffus, je me crus obligé de
» rentrer dans la Religion où j'étois
» né, & m'en allai à *Geneve*, où je
» continuai mes études. Cette Lettre, adreffée à M. *Pinſon*, Avocat au
Parlement de *Paris*, eſt de l'an 1693.

P. 254. *ligne* 7. Son frere aîné eſt
mal appellé *Guillaume*, il ſe nommoit
Jacob, comme je l'ai nommé effectivement plus bas.

Il partit pour *Geneve*, le même
jour qu'il rentra dans l'Egliſe Pro-
teſtante, c'eſt-à-dire le 21. Août
1670. Il y arriva le 2. Septembre,
& y reprit le cours de ſes études.
La maniere avantageuſe dont on par-
loit de lui engagea M. de *la Norman-
die*, Syndic de la République, à le
prier de ſe charger de l'éducation de
ſes enfans. Il accepta cet emploi &
entra chez lui le 21. Novembre de la

même année. Ce fut-là qu'il fit con- P. BAY-
noiſſance avec M. *Baſnage*, qui étu- LE.
dioit alors à *Geneve*, & demeuroit
dans la même maiſon, & qu'il con-
tracta avec lui une amitié, qui a duré
juſqu'à ſa mort.

Il n'y avoit pas deux ans qu'il étoit
à *Geneve*, lorſque M. le Comte de
Dhona, Seigneur de *Copet*, Baronie
dans le Païs de *Vaud* à deux lieües de
Geneve, pria M. *Baſnage* de lui chercher un Gouverneur pour ſes fils.
M. *Baſnage* lui nomma M. *Bayle*,
comme celui qu'il connoiſſoit le plus
propre pour cet emploi, & en parla
à celui-ci, qui malgré la répugnance
qu'il avoit à quitter les agrémens
qu'il trouvoit à *Geneve*, pour s'en-
terrer à la campagne, l'accepta, & ſe
rendit à *Copet* le 23. May 1672.

Il demeura deux ans en ce lieu;
mais l'ennui qui vint l'y ſaiſir, le détermina à chercher une occaſion d'en
ſortir. M. *Baſnage*, qui étoit alors à
Roüen, lui ayant fait eſperer quelque
poſte dans cette Ville, il crut avoir
trouvé cette occaſion, & quitta *Copet*
le 29. May 1674. ſous prétexte que
ſon pere dangereuſement malade lui

P. BAY-
LE,

avoit fait écrire de se rendre en toute diligence auprès de lui.

Il arriva à *Roüen* le 15. Juin & entra d'abord chez un Marchand, pour travailler à l'instruction de son fils. Ce Marchand avoit une Terre auprès de *Roüen*, où il fut obligé d'aller passer cinq ou six mois avec son disciple. L'ennui qui lui avoit fait quitter *Copet* l'y vint retrouver; d'ailleurs ayant reconnu que son éleve n'avoit aucune disposition à l'étude, il en avertit ses parens & le quitta.

Etant venu à *Paris*, il fut à la recommandation de M. le Marquis de *Ruvigny*, fait Gouverneur de Messieurs de *Beringhen*, freres de M. de *Beringhen*, Conseiller au Parlement; mais il quitta ce poste au bout de cinq mois, sans qu'on en marque la raison.

P. 258. *Joseph Bayle du Peyrat;* (& non point du *Perrot*, comme je l'ai marqué) bien qui appartenoit à sa famille, étoit un jeune homme sçavant, laborieux, & capable de grossir le nombre des Hommes illustres, s'il eut vecu plus long-temps.

P. 259. *Bayle* partit de *Rotterdam*

le 8. Août 1687. pour aller prendre P. BAY-
les eaux d'*Aix la Chapelle*, & n'y re- L E.
tourna que le 18. Octobre fuivant.

Quelque temps après il fongea à
quitter *Rotterdam*, dont la mort de
M. *Paets* fon protecteur, & l'humeur
violente de M. *Jurieu* l'avoient dé-
goûté ; il pria M. *Abbadie*, qui étoit
alors à *Berlin*, de lui procurer un
établiffement dans cette Ville ; &
Madame la Marechale de *Schomberg*,
à qui celui-ci en parla, s'entremit
pour cette affaire ; mais la mort de
l'Electeur de *Brandebourg*, arrivée le
9. May 1688. empêcha qu'elle ne
réüffit.

P. 260. Ses Ouvrages ne furent
que la caufe apparente, qui le firent
priver de fa Chaire & de fa penfion.
M. *des Maizeaux* nous découvre la
veritable, & fe fert pour cela d'un
Mémoire de M. *Bafnage*, qui étoit
parfaitement inftruit de cette affaire.
La voici : M. *Halewyn*, Bourgue-
meftre de *Dordrecht*, étant entré
dans une efpece de négociation avec
M. *Amelot*, Ambaffadeur de la France en Suiffe, pour faire la paix avec
cette Couronne, & cela à l'infçu de

P. BAY- l'Etat, fut arrêté pour ce sujet par
L. E.   ordre du Roy d'Angleterre, qui ne
vouloit que la guerre, & condamné
à une prison perpétuelle, & à la
confiscation de ses biens. Tout innocent qu'étoit M. *Bayle*, par rapport à
cette affaire, à laquelle il n'avoit pris
aucune part, il ne laissa pas de s'y
trouver enveloppé. Le Roy d'Angleterre se souvint alors du projet de
paix dont M. *Jurieu* avoit fait tant de
bruit, & se rappellant qu'on avoit
procuré la paix de *Nimegue* par de
semblables écrits semez à *Amsterdam*
& ailleurs, il crut qu'on vouloit se
servir des mêmes voyes à *Rotterdam.*
Cette pensée l'allarma, & il s'imagina qu'il y avoit, comme le disoit
M. *Jurieu*, une Cabale pour la faire
conclure, dont M. *Bayle* étoit le chef
connu. Ainsi il ordonna aux Magis-
trats de *Rotterdam* de lui ôter sa charge
de Professeur & sa pension. Ces Ma-
gistrats, quoique mieux au fait de ce
projet chimerique, obéïrent aux ordres du Prince, dont ils étoient
créatures ; cependant il semble qu'ils
eurent honte de leur conduite, puisqu'ils en cacherent la cause à M.
Bayle.

Bayle. Il paroît même que ceux qui
étoient du secret, donnerent le chan-
ge à ceux qui n'en étoient pas, en
leur faisant accroire qu'il s'agissoit en
cette affaire du livre des Cometes.

P. 268. Ce que j'ai dit du refus que
M. *Bayle* fit de dédier son Dictionaire à un Seigneur Anglois, n'est
pas tout-à-fait exact. Ainsi je rapporterai ce que M. *des Maizeaux* nous
en apprend. » On avoit, dit-il, en
» Angleterre une idée si avantageuse
» du Dictionaire de M. *Bayle*, qu'un
» Seigneur, qui ne se distinguoit pas
» moins par son esprit, que par son
» rang & par ses emplois (le Duc de
» *Shrewsbury*) souhaita que cet Ou-
» vrage lui fut dédié. Il chargea M.
» *Basnage* d'assûrer M. *Bayle*, qu'il
» lui en témoigneroit sa reconnois-
» sance par un present de deux cens
» guinées. Les amis de M. *Bayle*, &
» particulierement M. *Basnage*, le
» solliciterent long-temps de satis-
» faire au desir de ce Seigneur ; mais
» ils le solliciterent en vain. Il dit
» qu'il s'étoit si souvent moqué des
» dédicaces, qu'il ne vouloit pas
» s'exposer à en faire. Ce n'étoit ce-

Tome X. Part. II.   S

P. BAY-
LE.

» pendant qu'un prétexte pour colo-
» rer son refus. Le veritable fonde-
» ment de la longue & opiniâtre
» résistance qu'il fit dans cette oc-
» casion, c'est qu'il ne vouloit
» flater ni loüer personne, qui eut
» quelque rang à la Cour d'un Roy,
» dont il avoit sujet de se plaindre;
» & ce Seigneur étoit alors dans le
» Ministere, c'est-à-dire Secrétaire
» d'Etat.

Il n'a jamais voulu se marier : Sur
la fin de l'année 1682. on le sollicita
fortement de le faire. » Le parti qu'on
» lui proposoit, dit M. *des Maizeaux*,
» étoit avantageux. C'étoit une De-
» moiselle jeune, jolie, de très-bon
» sens, douce, sage, maîtresse de ses
» volontez, & qui avoit du moins
» quinze mille écus. Mademoiselle
» *du Moulin*, petite fille du fameux
» *Pierre du Moulin*, sœur de Made-
» moiselle *Jurieu*, & ensuite femme
» de M. *Basnage*, avoit entamé cette
» affaire, & l'avoit mise en si bon
» train, qu'il ne restoit plus de diffi-
» culté que du côté de M. *Bayle*. Il
» avoit toûjours paru fort éloigné du
» mariage ; les soins & les embarras

» d'une famille ne lui fembloient pas P. BAY-
» convenir à un homme de Lettres, L E.
» à un Philofophe, qui fait confifter
» tout fon bonheur dans l'étude &
» dans la méditation. D'ailleurs còn-
» tent du néceffaire, les richeffes lui
» paroiffoient plûtôt un embarras
» qu'un bien. Mademoifelle *du Mou-*
» *lin* n'oublia rien pour le faire reve-
» nir de ces fentimens, & pour l'en-
» gager à profiter des avantages, qui
» s'offroient comme d'eux mêmes;
» mais elle ne put y réüffir.

M. *Bayle* a été l'Editeur des Ouvrages fuivans.

I. *Recüeil de quelques pieces curieu-*
fes, concernant la Philofophie de M.
Defcartes. Amfterdam 1684. *in*-12. Ce
Recüeil, à la tête duquel il a mis
une Préface, où il fait l'hiftoire des
Pieces, qui y font contenuës, en
contient fix. 1°. Un extrait des Actes
d'une affemblée des Peres de l'Oratoire, tenüe à *Paris* au mois de Septembre 1680. où l'on voit une efpece
de concordat entre les Jefuites, &
les Peres de l'Oratoire, par lequel
ceux-ci s'engagent à ne point enfei-
gner la Philofophie *de Defcartes*, ni

P. BAY-la Doctrine de *Jansenius.* 2°. Des re-
LE. marques sur ce concordat. 3°. Un
Eclaircissement sur le livre de M. de la
Ville, où plûtôt du P. *de Valois,* Jesuite, publié sous ce titre : *Sentimens*
de M. Descartes touchant l'essence &
les proprietez du corps, opposez à la
Doctrine de l'Eglise, & conformes aux
erreurs de Calvin sur le sujet de l'Eu-
charistie; avec une dissertation sur la pré-
tenduë possibilité des choses impossibles,
par M. de la Ville. Paris 1680. *in*-12.
L'Auteur de l'Eclaircissement est
M. *Bernier* si connu par ses *Voyages,*
& par son *Abregé de la Philosophie de*
Gassendi. 4°. Une réponse du P. *Ma-*
lebranche au P. *de Valois,* qui avoit
fait paroître beaucoup d'animosité
contre lui, & s'étoit particulierement attaché à rendre sa foi suspecte;
réponse qui est suivie d'un Mémoire
pour expliquer la possibilité de la
transubstantiation. 5°. La dissertation Latine de M. *Bayle* sur le même
sujet, & ses Theses, que j'ai indiquées au *N°*. 1. & 3. 6°. Des Méditations Métaphysiques qui parurent
en 1678. sous le nom de *Guillaume*
Wander; mais qui sont de M. l'Abbé

de Lanion. On y trouve un précis P. BAY-
fort bien digeré de la Métaphysique LE.
Cartesienne, & ce qu'il y a de meilleur dans les Méditations de *Descar-*
tes. Bayle auroit pu ajoûter à ces pieces, une réfutation de l'écrit de M.
Bernier, qui a paru sous ce titre : *La*
Philosophie de M. Descartes contraire
à la foy de l'Eglise Catholique, avec la
réfutation d'un imprimé fait depuis peu
pour sa défense. Paris 1682. *in-*12.
Mais il ne l'a pas apparemment
connu.

2. *H. V. P. ad B.* (*Hadriani van*
Paets ad Balium) *de nuperis Angliæ*
motibus Epistola, in qua de diversorum
à publica Religione circa divina sen-
tientium disseritur tolerantia. Rotteroda-
mi 1685. *in-*4°. Ce fut M. Bayle qui
fit imprimer cette Lettre. Il la traduisit aussi en François, & sa traduction
a paru sous ce titre : *Lettre de M. H.*
V. P. à Monsieur B. sur les derniers
troubles d'Angleterre, où il est parlé de
la tolerance de ceux qui ne suivent pas la
Religion dominante. Rotterdam 1685.
*in-*12.

3. *Naudæana & Patiniana, ou singu-*
laritez remarquables, prises des con-

P. BAY- *verfations de Meffieurs Naudé & Patin,*
LE. *feconde édition revûë , corrigée & au-*
gmentée d'additions au Naudæana , qui
ne font point dans l'édition de Paris.
Amfterdam 1703. *in-*12. Le P. *de Vitri*
Auteur des additions , les ayant en-
voyées à M. *Bayle* , celui-ci les fit
imprimer , & mit à la tête un avertiffement.

4. *Remarques critiques fur la nouvel-*
le édition du Dictionaire Hiftorique de
Morery , donnée en 1704. *feconde édi-*
tion , augmentée d'une Préface & de
plufieurs notes par un autre Auteur.
Rotterdam 1706. *in-*4°. Ce petit Ouvrage avoit été déja imprimé à *Paris.*
L'Auteur avoit tiré prefque toutes
fes remarques du Dictionaire de M.
Bayle , fe les étoit appropriées , & ne
laiffoit pas de le critiquer quelquefois. M. *Bayle* cependant jugea qu'il
pouvoit être utile , & prit le foin de
le faire réimprimer , en y joignant
des notes pour éclaircir plufieurs
faits où l'Auteur s'étoit trompé , ou
qu'il ne rapportoit pas avec affez
d'exactitude , & une longue préface
pour fervir d'inftruction aux nouveaux Editeurs de *Morery.* On l'a

publié de nouveau dans la nouvelle
édition du Dictionaire de *Bayle* de
l'an 1730. avec quelques obfervations de M. *des Maizeaux.*

5. M. *Bayle* ayant remarqué dans
fes *Nouvelles de la République des Let-*
tres du mois de Septembre 1685. qu'il
s'étoit gliffé plufieurs fautes dans le
traité des Auteurs Anonymes publié
par M. *Deckherr*, Avocat de la Chambre Imperiale de *Spire*; M. *d'Alme-*
loveen, qui fe propofoit de donner
une nouvelle édition de cet Ouvrage, le pria de le lire & de lui marquer les erreurs qui s'y trouvoient.
Un Sçavant, nommé *Vindingius*,
avoit déja écrit une Lettre à M.
Deckherr, qui avoit été imprimée
dans la feconde édition de ce livre,
où il rectifioit quelques méprifes de
cet Auteur, & lui fournilloit quelques fupplemens ; mais cette Lettre
n'étoit pas non plus exempte de
fautes. M. *Bayle* corrigea l'un & l'autre, & ajoûta la découverte de plufieurs Auteurs Anonymes, dans la
réponfe qu'il fit à M. *d'Ameloveen.*
CetteLettre fut écrite le 7 Mars 1686. &
M. *d'Ameloveen* la joignit à la nouvelle
édition du livre de M. *Deckherr* un-

P. BAY- primé sous ce titre : *Johannis Deck-*
LE. *herri Doctoris & Imperialis Cameræ ju-*
dicii Spirensis Advocati & Procuratoris,
de scriptis adespotis , Pseudepigraphis &
suppositiis conjectura : cum additionibus
variorum. Editio tertia altera parte
auctior. Amstelodami 1686. *in-*12. M.
Bayle en parla dans ses nouvelles
d'Avril 1686. & marqua quelques
fautes d'impression qui se trouvoient
dans sa Lettre. Le tout a été joint au
Theatrum Anonymorum & Pseudony-
morum Vincentii Placcii dans l'édition
d'*Hambourg* 1708. *in-fol.*

6. M. *Furetiere* étant mort en 1688.
pendant que son Dictionaire s'imprimoit à *Rotterdam* chez le sieur *Leers*,
M. *Bayle* y fit à la priere de ce Libraire une Préface, qui est une excellente piece.

7. On trouve quelques Lettres de
M. *Bayle*, qui n'avoient point été
encore imprimées, dans sa vie composée par M. *des Maizeaux*.

La derniere ou quatriéme édition
de son Dictionaire a paru en 1730.
in-fol. à *Amsterdam* en 4. volumes.
On y a remis les supplemens à leur
place ; mais il est étrange qu'on n'y ait
point

point rempli les citations qui n'y
étoient qu'indiquées. Ce qui la rend
le plus recommandable est la vie de
M. *Bayle* par M. *des Maizeaux*,
qu'on voit à la tête du premier volume, & qui est remplie d'un grand
nombre de particularitez curieufes,
que ce Sçavant y a ramaffées avec
beaucoup de foin. On travaille à
Trevoux à une nouvelle édition du
Dictionaire de *Bayle* en 5. vol. *in-fol.*
où l'on fuivra entierement celle
d'*Amsterdam*. Il n'y a point d'Ouvrage qui ait plus befoin d'une bonne
Table des matieres que ce Dictionaire, cependant on ne s'eft pas encore
avifé d'y en mettre une telle. M.
Huet en avoit fait une fort exacte
pour la premiere édition; mais le
fieur *Leers* qui l'imprimoit, pré-
voyant qu'on feroit long-temps à
l'imprimer, en fupprima la moitié,
ce qui la défigura entierement; &
perfonne depuis n'a eu le courage de
remédier à ce défaut.

Il faut mettre auffi parmi les Ouvrages de M. *Bayle*, le Journal Hiftorique & Chronologique de fa vie,
dreffé par lui-même fous le titre

de *Calendarium Carlananum*, qu'on
trouve dans la derniere édition du
Dictionaire, après sa vie. C'est sur ce
Journal, & sur les Lettres du même
Auteur qu'on dressa *l'Histoire de M.
Bayle & de ses Ouvrages*, mis à la tête
de son Dictionaire de l'édition de
Geneve. Cette petite piece est de M.
l'Abbé *du Revest*. Il la communiqua
à M. de *la Monnoye*, qui lui indiqua
plusieurs corrections, & c'est apparemment ce qui a donné lieu de l'at-
tribuer à ce dernier. M. *du Revest*
n'avoit qu'une copie tronquée du
Journal de M. *Bayle*, qui l'a induite
en erreur; il a d'ailleurs fait plusieurs
fautes de son chef. On les a relevées
dans l'Ecrit, intitulé : *Exacte revûë
de l'Histoire de M. Bayle & de ses
Ouvrages : contenant des additions &
des corrections ; avec diverses particularitez, ou anecdotes, ou tirées de ses
écrits & de sa vie publiée en Anglois.*
L'Auteur auroit pu pousser sa critique plus loin & éviter quelques mé-
prises, s'il avoit été à portée de con-
sulter le Journal de M. *Bayle*. Il a
d'ailleurs donné dans des digressions,
qui l'éloignent de son sujet ; ses ad-

ditions font entaffées fans ordre , il
s'y trouve auffi plufieurs fauffetez , &
il y manque beaucoup de faits importans.

NICOLAS PERROT
D'ABLANCOURT.

P. 328. **M**Onfieur *Chapelain* dans
sa lifte des gens de Let-
tres fait ainfi fon caractere.

» Il eft de tous nos Ecrivains en
» Profe celui qui a le ftile le plus
» dégagé, plus ferme, plus réfolu,
» plus naturel. Son genie eft fubli-
» me, & quoiqu'il foit fans compa-
» raifon le meilleur de nos Traduc-
» teurs, c'eft dommage qu'il fe foit
» réduit à un emploi fi fort au-def-
» fous de lui ; car il a de la force de
» fon chef, de l'éloquence, de la
» doctrine, & n'eft pas foible dans
» le raifonnement. S'il avoit voulu
» entreprendre une Hiftoire, il n'y a
» que fon peu de pratique des affaires
» du monde qui l'eût pu empêcher
» de la faire très-bonne ; car il a ac-
» quis fouverainement l'art de la bon

T ij

N. P. »ne narration, par tant d'Historiens
D'ABLAN- »du premier rang qu'il a rendus
COURT. »avec applaudissement dans sa Lan-
»gue, & il ne seroit nouveau ni
»dans les harangues, ni dans les
»matieres de guerre : enfin c'est le
»seul de nos bons Ouvriers que je
»connois, qui pourroit s'aquitter
»éminemment de cette sorte de tra-
»vail, s'il avoit de bons Mémoires,
»& qu'il fût plus instruit des inté-
»rêts de l'Europe presens & passez :
»car encore qu'il ait bonne opinion
»de lui, & avec justice, comme il
»n'est point vain, & que la raison le
»ramene, quand elle lui est mon-
»trée, il recevroit les avis qu'on lui
»donneroit.

M. *Costar* dans sa liste en parle ainsi.
»Il a fait de belles traductions, peu
»fidéles à la verité, mais écrites fort
»élegamment. M. *Menage* a dit de
»lui, *le hardi d'Ablancourt au stile*
»*incomparable.* Il sçait l'Hebreu, le
»Grec, le Latin, l'Italien, & l'Es-
»pagnol.

JEAN FRANCOIS SARASIN.

P. 387. LA vraye datte de sa mort, que nous avons ignoré jusqu'ici, nous est connuë maintenant par son Epitaphe, que M. *Juvenel de Carlancas* m'a envoyée. Voici un extrait de sa Lettre dattée de *Pezenas* le 29. May 1730.

» Il mourut à *Pezenas* en 1654.
» étant à la suite d'*Armand de Bour-*
» *bon*, Prince de *Conti*, qui y faisoit
» sa résidence, & il fut inhumé dans
» l'Eglise Collegiale de cette Ville :
» mais par une négligence, qu'il se-
» roit difficile d'excuser, on ne mit
» point d'Epitaphe sur son tombeau.
» Je fus prié en 1726. par Messieurs
» les Consuls & habitans, d'en com-
» poser une en Latin. Je le fis, m'es-
» timant heureux de pouvoir contri-
» buer en quelque chose à la gloire
» de ce grand homme. Cette Epita-
» phe a été gravée depuis sur une ta-
» ble de cuivre, & scellée sur le pi-
» lier, qui est à la tête de sa tombe.
» On auroit souhaité pouvoir enri-

T iij

J. F. SA-
RASIN.

J. F. SA-   » chir le lieu des ornemens convena-
RASIN.   » bles. Les divers avis proposez sur ce
   » sujet ont retardé l'execution, &
   » n'ont servi qu'à faire connoître
   » l'impossibilité de décorer ce tom-
   » beau, qui est sous les stalles des
   » Chanoines près de la Sacristie.
   Voici l'Epitaphe.

Hic Jacet
Joannes Franciscus Sarasin
   Patria Cadomensis ,
   Regi à consiliis ,
Historicus & Poeta perelegans ;
Omni demum doctrina ornatissimus ;
Lenitate morum , ingenii tum acumine ,
   tum sagacitate insignis :
Armando Borbonio Occitaniæ Proregi ,
Cui erat à secretis , carissimus ,
Tanta vero modestia , ut ejus opera ad-
   huc desiderarentur ,
Nisi à Paulo Pelissonio & Ægidio
   Menagio familiaribus suis
Collecta & edita fuissent.
Obiit V. Decembris MDCLIV.
Ad æternam posteritatis memoriam
Et præclarissimi viri eximiam virtutem ,
Præfectus Urbis & Ædiles
Titulum hunc inscribendum tumulo cu-
   ravere.
Anno MDCCXXVI.

CHANGEMENS, CORRECTIONS
& Additions.

Pour le Tome septiéme.

GASPAR BARTHIUS.

P. 27. Joûtez à ses Ouvrages le suivant.

G. BAR-
THIUS.

Pornodidascalus, seu colloquium de astu & dolis meretricum Petri Aretini, Latine versum per Casp. Barthium. Addita est expugnatio urbis Romæ ab exercitu Caroli V. anno 1527. Historia paucis nota, & in dialogo memorata; eodem ex Italico Interprete. Francof. 1623. in-8°.

JULIUS POMPONIUS LÆTUS.

P. 28. C'Est une chose certaine que *Pomponius Lætus,* & *Pomponius Sabinus* ne sont qu'une seule & même personne. Mais il ne l'est pas de même que *Julius Pomponius Fortu-*

J. P.
LÆTUS.

J. P.
LÆTUS.

natus, Commentateur du 10e. livre de *Columelle* ne soit point différent de *Julius Pomponius Lætus*. *Batiste Pie* sur l'Epître 9e. du 5e. livre de *Sidonius Apollinaris* prétend que ce sont deux Auteurs differens. Mais M. de *la Monnoye* dans sa Dissertation sur *Pomponius Lætus* jointe aux *Jugemens des Sçavans* de *Baillet* le nie pour les raisons suivantes. 1°. On reconnoît dans le Commentaire du dixiéme livre de *Columelle*, le stile de *Pomponius Lætus*, & les citations des Auteurs qui lui étoient familiers. 2°. *Curius Lancilotus Pasius* l'appelle partout ou *Pomponius Fortunatus*, ou simplement *Pomponius*. 3°. Il est appellé *Pomponius Lætus Fortunatus* dans une Lettre de congratulation aux Sénateurs de *Turin* sur la harangue d'obédience, que *Pierre Carabin* de leur Compagnie avoit fait le 29. May 1494. de la part du Duc de Savoye *Charles I.* au Pape *Alexandre VI*. *Convenerant ad hæc comitia*, dit *Guillaume Varroni* de *Verceil*, Sénateur de *Turin*, Auteur de cette Lettre écrite le 31. de ce mois, *ut est moris, ex omnibus liberalium Artium Professoribus*

peritiſſimi , inter quos Pomponius Lætus   J. P.
Fortunatus togatorum eruditiſſimus. Elle LÆTUS.
eſt inſerée dans le Recuëil des Opuſ-
cules de *Pierre Cara* imprimées in-4°.
à *Turin* l'an 1520. 4°. *Pyrrhus Perot ,*
neveu de *Nicolas Perot ,* Archevêque
de *Siponto ,* dans l'Epître dédicatoire
qu'il a miſe au-devant du *Cornucopiæ*
de ſon oncle , dit que *Pomponius For-*
tunatus , très-ſçavant homme de ce
temps-là , & Prince de l'Académie
Romaine , fut un de ceux qui invi-
terent *Nicolas Perot* à revoir le texte
des Epigrammes de *Martial.* Ce que
Pyrrhus Perot dit en cet endroit convient évidemment à *Pomponius Lætus ,*
qui dans le chapitre 44. des mélanges
de *Politien* eſt qualifié de même *Aca-*
demiæ Romanæ Princeps ; l'Académie
Romaine en effet le reconnoiſſant
pour ſon chef. 5°. Dans l'édition de
Lucain donnée à *Rome in-fol.* l'an
1469. laquelle eſt la première de toutes , il y a une vie de *Lucain* par
notre *Pomponius ,* appellé alors *In-*
fortunatus , ſans doute à cauſe des per-
ſécutions qu'il avoit eſſuyées de la
part du Pape *Paul II.* nom qui fut
changé depuis en celui de *Fortunatus ,*

J. P.
LÆTUS.
lorsque ce Pape fut mort. Le titre porte *Lucani vita per Pomponium Infortunatum.*

P. 34. Pomponius Lætus passoit pour un des meilleurs Grammairiens de son temps ; jusques-là que bien des gens soupçonnerent *Curius Lancilotus Pasius* de *Ferrare* de lui avoir dérobé les huit livres qu'il publia sous le titre de *Grammaticæ Institutionis libri octo.* Il s'appliqua peu à la Langue Greque. C'est ce qu'a dit *Sabellic, Græca vix attigit;* sur quoi d'autres encherissant ont pris droit de dire après *Volaterran* qu'il ignoroit absolument cette Langue. *Erasme* ensuite s'abandonnant à ses conjectures a écrit que *Pomponius Lætus* s'étoit abstenu de toucher au Grec, de peur de gâter par quelque tour étranger, la naïveté de son Latin ; en quoi il a été suivi par ceux qui sont venus après lui.

Faustus Andrelinus, qui lui adresse la sixiéme Elegie de sa *Livie,* le traite de Poëte sublime, & peut-être que la plus grande partie de ses compositions, qu'on dit qu'il perdit, lorsque sa Maison fut pillée dans une sédition arrivée à *Rome* sous *Sixte IV.*

conſiſtoit en Poëſies. Mais ſi elles J. P.
n'étoient pas meilleures qu'une Epi- Lætus.
gramme & une Elegie qu'on a de ſa
façon, la premiere à la tête d'un petit livre en vers de *Baptiſte Figra* de
Mantoue, intitulé *Cœna* ; la ſeconde
à la p. 218. & 219. des Monumens
d'Italie de *Schraderus*, la poſterité n'y
a pas beaucoup perdu.

Sa Proſe tant vantée pour ſa pureté, n'eſt pas néanmoins chatiée par
tout, autant qu'on a voulu dire. On
y trouve des expreſſions peu Latines,
quoiqu'en petit nombre, d'autres
Poëtiques, & la conſtruction n'y eſt
pas toûjours fort nette.

Au reſte c'étoit un bon & honnête homme, ſans entêtement, ſans
vanité, ne rendant jamais médiſance
pour médiſance, comptant pour rien
les inſultes de *Calderino* & de quelques autres Sçavans ſes contempo-
rains. Si pauvre d'ailleurs, que s'il
eut perdu deux œufs, dit en riant ſon
ami *Platine* liv. 9. de ſon Traité de
Cuiſine, il n'auroit pas eu de quoi en
racheter deux autres.

Hermolao Barbaro, & *Pomponius*
Lætus, quoique très-differens d'hu-

J. P.
LÆTUS.

meur, étoient amis intimes. Ils font introduits comme tels dans le Dialogue de *Bembo de Culice*. L'enjoüement de *Pomponius* égayoit la mélancolie d'*Hermolao*. *Quidnam etiam, dit Paul Cortesi, fol.* 60. *du livre du Cardinalat, amicitiam contrariorum genere servari volunt, ut si dicamus Hermolaum Barbarum hominem quotidie natura meditantem, & suapte bilis affectione tristem, libenter delectari Julii Pomponii familiaritate solitum, propterea quod is maxime esset faceta jucunditate lætus.* Ce passage est d'autant plus remarquable, qu'il donne lieu de conjecturer, que *Pomponius*, enclin naturellement à la joye, s'étoit par cette raison surnommé *Lætus*.

Il s'étoit marié & eut de *Rosa Alesa*, sa femme, deux filles dont les Eloges & les Portraits sont dans *Jean-Jacques Boissard*, p. 104. & 106. de ses *Icones*.

L'une, nommée *Fulvia Læta*, se rendit habile non seulement dans les Langues Latine & Gréque, mais encore dans le Grec vulgaire, l'Esclavon, l'Espagnol & le François; elle écrivoit fort bien en cette derniere Langue, mais comme elle ne

pouvoit s'empêcher de la défigurer
dans la prononciation par l'accent
Italien, elle ne vouloit point la parler. La Poësie Italienne, dans laquelle
elle excelloit, faisoit sa principale
occupation, & la musique & les instrumens lui servoient de délassement.
Elle épousa un homme fort riche &
âgé, nommé *Sempronio*.

J. P.
LÆTUS.

L'autre, appellée *Melantho Læta*,
étoit inférieure à sa sœur en beauté,
en talent pour la Poësie, & en habi-
leté dans la musique ; mais elle la
surpassoit de beaucoup dans la connoissance des Langues Latine & Gréque. Elle porta d'abord le nom de
Nigella, qu'elle changea en celui de
Melantho, lorsqu'elle commença à
prendre du goût pour la Langue Gréque. Elle épousa *Antoine Cassius*,
Poëte de la Pouille ; mais son mariage ne fut pas heureux ; sa mauvaise humeur produisit bien-tôt des
brouilleries entre eux ; ils se sépa-
rèrent, & *Melantho* le quitta pour
retourner à *Rome* ; son mari voulut
dans la suite se racommoder avec
elle, mais elle ne voulut jamais y
consentir ; ce qui lui attira de sa

J. P.
LÆTUS. part une piece de vers très-satyri-
que.

Pomponius Fortunatus étant, selon
M. de *la Monnoye*, le même que *Pom-*
ponius Lætus, il faut joindre à ses
Ouvrages le Commentaire sur *Co-*
lumelle.

Columellæ Hortus, Carmine, cum
Annotationibus Pomponii Fortunati,
Batt. Pii, Philippi Beroaldi & alio-
rum. Parif. 1543. in-8°.

Il faut y joindre aussi le suivant.

Julii Pomponii Sabini Commentarii
in Virgilium. Basileæ 1544. in-8°. Comme ce Commentaire est peu de chose,
Pomponius prit le parti de le désa-
voüer, comme un Ouvrage peu capable de lui faire honneur ; c'est ainsi
qu'il en parle dans une Lettre à *Au-*
gustin Maffée : Si glossulas in Virgilium
legeris sub titulo meo, oro ne fidem præ-
tes, neque temerarius sum, neque audax,
neque eam expositionem unquam tentavi.
Ille quisquis est, qui falsum Epigramma
posuit, sentiet quid profuerit me tanto
mendacio provocasse. Ces dernieres
paroles doivent s'entendre de *Da-*
niel Cajetano, Grammairien de *Cre-*
mone, que quelques-uns ont appellé

mal à propos *Gajetano*, fuivant *Fran-*   J. P.
çois Arifi dans fa *Cremona litterata*, LÆTUS.
qui mit une Préface à cet Ouvrage,
& le publia fous le nom de *Julius*
Pomponius Sabinus. On voit ici une
nouvelle preuve que *Pomponius Lætus*
& *Pomponius Sabinus* ne font qu'un
même homme, puifque *Pomponius*
Lætus prend fur fon compte un livre
publié fous le nom de *Pomponius Sa-*
binus. Au refte je ne fçai quand cet
Ouvrage a paru pour la premiere
fois.

P. 35. & 36. On a une traduction
Italienne des deux Ouvrages marquez au IV°. 1. & 3. qui eft intitulée:
Compendio dell' Iftoria Romana di Pom-
ponio Leto, dalla morte di Gordiano il
Giovane fino à Giuftino terzo, tradotto
per Francefco Baldelli : Vi fono anneffi
i Magiftrati, Sacerdozi, e Leggi de'
Romani del Medefimo Autore e Tradut-
tore. In Venetia. 1549. in-8°.

JACQUES MARSOLLIER.

J. MAR-
SOLLIER.
*P. 66.
lig. 27.* **M**Emoires de Litterature, lisez, *Mémoires Litteraires*, qui sont un Ouvrage fort different, en un seul tome.

THOMAS CAMPANELLA.

T. CAM-
PANEL-
LA.
*P. 73.
lig. 19.* **I**L s'est glissé en cet endroit une faute d'impression qui pourroit causer quelque peine ; on y lit *à la priere*, il faut mettre *à sa priere*.

GEORGE MERULA.

G. ME-
RULA.
IL s'est glissé dans cet article trois fautes d'impression considérables, qu'il y faut corriger.

P. 94. lig. 3. Via, lisez, *Vita.*

Ibid. lig. 13. cum Mediolanensium, lisez, *Ducum Mediolanensium.*

Ibid. lig. 25. La mort de *Matthieu Visconti* en 1723. lisez 1322.

GOD-

GODEFROY BIDLOO.

P. 125. IL naquit de Parens Men-   G. B I D.
nonites. J'ai dit qu'il laif-   L O O.
fa entre autres enfans *Nicolas Bidloo*,
Docteur en Médecine. J'ai été trompé en cela par *Luifcius*, Auteur très-
fautif, à ce qu'on m'a affuré. Il n'a
laiffé qu'un fils nommé comme lui
Godefroy, qui eft Docteur en Droit,
& Fifcal de la Milice des Etats de
Hollande, & qui a époufé *Alexan-
drine Schalter*, fille d'un Bourgue-
Maître de la Ville de *Harlem*, dont
il a eu un fils qui eft dans le fervice,
& trois filles.

  Nicolas Bidloo, Médecin du Czar
Pierre I. n'eft que le neveu de notre
Auteur, fils de fon frere *Lambert
Bidloo*, Apoticaire à *Amfterdam*, &
homme fçavant, qui a fait beaucoup
de pieces de Poëfie.

FREDERIC FREZZI.

F. FREZ-
ZI.
C'Est par erreur que l'on a mis à
marge de plusieurs pages de son
article *T. Frezzi*, au lieu de *F.*
Frezzi.

P. 146. J'ai vû dans la riche Biblio-
thèque de M. *Barré*, Auditeur des
Comptes, une édition du *Quatrire-*
gio faite à *Florence* le 26. Juillet 1508.
in-fol. elle est intitulée : *Quatriregio*
in terza rima Volgare, che tracta di
quatro Reami, cioè del Reame temporale
& mondano di questo mondo, nel quale
l'Autore rimane ingannato dallo Idio
del Amore quatro volte ; di poi tracta
del Reame di Plutone Re dell' Inferno,
& del Purgatorio & terzo Reame, &
del Paradiso, cioè del Reame della virtu
che e el quarto. Ce titre est bien different de celui de la premiere édition.
Il y a dans celle dont je parle à la
plûpart des pages, des figures en bois
fort bien dessinées, & qui sont presque à simple trait.

PAUL COLOMIE'S.

P. 202. **L**A *Bibliotheque choisie* de P. Colo-
Colomiés est, si l'on s'arrête MIE'S,
au titre de l'édition d'*Amsterdam*, augmentée de beaucoup par l'*Auteur* dans
cette édition; mais outre que ces aug-
mentations ne sont pas considérables, il est bon d'observer qu'on y a
retranché plusieurs endroits. Ainsi
il faut avoir les deux éditions. *Fa-
bricius* a ignoré cela, puisqu'il s'est
conformé uniquement à la seconde,
dans sa Collection des Oeuvres de
Colomiés.

P. 204. Ajoûtez à ses Ouvrages celui-ci, qui a paru depuis peu.

*Italia & Hispania Orientalis, sive
Italorum & Hispanorum qui linguam
Hebraam, vel alias Orientales ex-
coluerunt vitæ, ex autographo Autoris
nunc primum editæ & notis instructæ à
Jo. Christopho Wolfio. Hamburgi* 1730.
in-4°. Cet Ouvrage est dans le même
goût que sa *Gallia Orientalis.*

CHRETIEN LUPUS.

C. Lu-
PUS.

P. 207.
lig. 12.

INnocent XII. lifez *Innocent
XI.*

On a fait à *Venife* une édition de
toutes fes Oeuvres en plufieurs volumes *in-fol.* dont le premier parut en
1724. Le P. *Thomas Filippini*, de
Ravenne, de l'Ordre des Hermites
de S. *Auguftin*, qui y a préfidé, y a
joint plufieurs pieces, qui n'avoient
pas été encore imprimées.

JEAN - DOMINIQUE CASSINI.

J. D.
CASSINI.

P. 321.

NOus trouvons dans le
Journal des Sçavans les
pieces fuivantes de fa façon.

1. *Lettre touchant les nouvelles découvertes qu'il a faites dans Jupiter.*
Journal du 22. Fevrier 1666.

2. *Lettre touchant la découverte qu'il
a faite du mouvement de la Planete de
Venus à l'entour de fon axe.* Journ. du
22. Decembre 1667.

3. *Nouvelle maniere Geometrique &*

directe de trouver les *Apogées*, les *Ex-*
centricités, *& les Anomalies du mouve-*
ment des Planetes. Journ. du 2. Decembre 1669.

J. D.
CASSINI.

4. *Relation du retour d'une grande*
tache permanente dans la Planete de
Jupiter. Journ. du 21. Mars 1672.

5. *Observation d'une nouvelle Co-*
mete. Journ. du 11. Avril 1672.

6. *Eclipses des Satellites de Jupiter*
dans les derniers mois de l'année 1676.
proposées pour la détermination exacte
des longitudes des lieux où elles seront
observées. Journ. du 17. Août 1676.

7. *Avertissemens aux Astronomes*,
touchant les configurations qu'il donne
des Satellites de Jupiter ès années 1676.
& 1677. pour la verification de leurs
hypotheses. Journ. du 14. Septembre
1676.

8. *Description du mouvement qu'a*
fait une tache dans le Soleil sur la fin de
Novembre dernier 1676. Journ. du 7.
Decembre. 1676.

9. *Balance Arithmetique*, *sa descrip-*
tion & son usage pour connoître les nom-
bres par les poids. Journ. du 27. Decembre 1676.

10. *Observations nouvelles touchant*

J. D. *le Globe & l'anneau de Saturne.* Journ.
Cassini. du 1. Mars 1677.

11. *Histoire de la découverte de deux Planetes au tour de Saturne.* Journ. du 15. Mars 1677.

12. *Nouvelle Theorie de la Lune.* Journ. du 10. May 1677.

13. *Verification de la Periode de la révolution de Jupiter au tour de son axe par des observations nouvelles.* Journ. du 15. Novembre 1677.

14. *Réflexions sur les observations de Mercure dans le Soleil.* Journ. du 20. Decembre 1677.

15. *Observation de plusieurs taches & facules dans le Soleil.* Journ. du 20. Juin 1678.

16. *Observation de l'Eclipse de Jupiter & de ses Satellites par la Lune , le 5. May 1679.* Journ. du 10. Juillet 1679.

17. *Nouveau Phenoméne rare & singulier d'une lumiere céleste , qui a paru au commencement du Printemps de l'année 1683.* Journ. du 10. May 1683. Cet article se trouve en Latin dans le Journal de *Leipsic* 1683. p. 274.

18. *Nouvelle découverte des deux*

Satellites de Saturne les plus proches. J. D.
Journ. du 22. Avril 1686.   CASSINI.

19. *Lettre sur les observations de
l'Eclipse de Jupiter par la Lune, faites
à Paris & à Avignon, le 10. Avril
1686.* Journ. du 10. Juin 1686.

20. *Découverte d'une tache extraordinaire dans Jupiter.* Journ. du 8. Juillet 1686.

21. *Observation de l'Eclipse de Lune
du 10. Decembre 1685.* Journ. du 11.
Novembre 1686.

22. *Observation des taches, qui ont
paru dans le Soleil le mois de May &
de Juin 1688. avec une Methode nouvelle de déterminer avec justesse la révolution du Soleil au tour de son axe.*
Journ. du 9. Août 1688.

23. *La Methode de déterminer les
longitudes des lieux de la terre, par les
observations des Satellites de Jupiter,
verifiée & expliquée.* Journ. du 23.
Août 1688.

24. *La justesse admirable de la correction Gregorienne des cicles Lunaires.*
Journ. du 18. Fevrier 1697.

M. Cassini a donné dans les *Mémoires de Trevoux*, Septembre 1702.
p. 152. des *Remarques sur le Calendrier
du P. Bonjour.*

J. D. Dans le Journal de *Leipfic*.

CASSINI. 1. *Novæ observationes circa systema Saturni.* Ann. 1686. p. 469.

2. *Epistola exhibens correctiones circa Theoriam quinque Satellitum Saturni,* Ann. 1688. p. 273. Cette Lettre est traduite des transactions Philosophiques.

3. *Diversæ motus periodi in Jove Planeta noviter observatæ, inde à Januario 1691. usque ad initium anni 1692.* Ann. 1692. p. 358. Cet article est traduit des Mémoires de l'Academie des Sciences.

4. *Observatio accurata conjunctionis cujusdam Satellitum Planetæ Saturni cum stella quadam fixa.* Ann. 1693. p. 407. Trad. des Mémoires de l'Academie des Sciences.

5. *Descriptio Phænomeni Trium soluum eodem tempore super Horizonte visorum.* Ann. 1694. p. 316. Trad. des mêmes Mémoires.

Dans les Mémoires de l'Academie des Sciences.

Année 1692.

Nouvelles découvertes de diverses périodes

periodes de mouvement dans la Planete
de Jupiter depuis le mois de Janvier
1691. jufqu'au commencement de l'année 1692.

Obfervation de la figure de la neige.

Obfervations fur la longitude & la
latitude de Marfeille.

Obfervation d'une conjonction précife
d'un Satellite de la Planete de Saturne
avec une étoile fixe.

Obfervation d'un nouveau Phenoméne.

Obfervations fur la conjonction de la
Lune & de Mars, arrivée au mois
d'Avril 1692.

Obfervation du paffage de la planete
de Mars par l'étoile nébuleufe de la conf-
tellation de l'Ecrevice au mois de May
1692.

Avertiffement touchant l'obfervation
de l'Eclipfe de Lune du 28. Juillet
1692.

Obfervation faite en plein jour d'une
Eclipfe de Venus par l'interpofition de la
Lune.

Obfervation de l'Eclipfe de Lune
du 28. Juillet 1692. avec une Methode
pour déterminer les longitudes par diverfes obfervations d'un emême Eclipfe inter-

Tome X. Part. II.   X

Changemens, corrections

J. D. CASSINI. *rompuës & faites en differens lieux.*

Eclipfes du premier Satellite de Jupiter pendant l'année 1692.

Obfervations de la conjonction de Venus avec le Soleil, arrivée le fecond jour de Septembre de l'année 1692.

Année 1693.

Defcription de l'apparence de trois Soleils vûs en même temps fur l'horifon.

Réflexions fur l'obfervation faite à Marfeille par M. de Chazelles, de l'Eclipfe de Lune arrivée le 22. Janvier 1693.

Réflexions fur l'Obfervation de Mercure dans le Soleil, faite à la Chine par le P. de Fontenay Jefuite, l'an 1690. & publiée par le P. Gouye.

S'il eft arrivé du changement dans la hauteur du Pole, ou dans le cours du Soleil.

Obfervations de deux Parafelenes & d'un Arc en Ciel dans le Crépufcule.

Obfervations Phyfiques & Mathématiques.

Réponfes aux demandes du P. Ri-

chaud Jesuite , sur les Satellites de Jupiter.

J. D.
CASSINI.

*Usage des observations des RR. PP.
Jesuites faites à Louveau* 1686.

*Réflexions sur l'observation de l'E-
clipse de Lune faite à Goa par le P.
Noel.*

*Réflexions sur l'observation d'une
Eclipse de Lune faite à Juthia.*

*Réflexions sur quelques points d'As-
tronomie.*

*La Méthode de déterminer les longi-
tudes des lieux de la terre par les observations des Satellites de Jupiter , verifiée & expliquée.*

Année 1699.

*Observation de l'Eclipse de Lune
arrivée le* 15. *Mars* 1699.

Du retour des Cometes.

*Observations de trois nouvelles taches
dans le Soleil.*

*Observations de l'Eclipse du Soleil du
23. Septembre* 1699. *& réflexions sur
cette Eclipse.*

Année 1700.

*Réflexions sur des observations faites
en Botnie.*

X ij

J. D.
CASSINI.

Année 1701.

Comparaison des observations de la Comete de 1699. faites à la Chine par le P. de Fontenay, avec celles qui ont été faites à Paris.

Observation de la conjonction de la Lune avec l'œil du Taureau Aldebaram, le 19. Août 1699.

Observation de l'Eclipse de Lune du 22. Fevrier 1701.

Comparaison des Phases principales de l'Eclipse de Lune du 22. Fevrier 1701. observées en diverses Villes de l'Europe.

Taches dans le Soleil observées le 2. Mars 1701.

De la Méridienne de l'Observatoire Royal prolongée jusqu'aux Pirenées.

Des taches observées dans le Soleil au mois de Novembre 1700. au mois de May, à la fin d'Octobre, & au mois de Novembre 1701.

De la correction Grégorienne des mois Lunaires Ecclesiastiques.

Année 1702.

Comparaison des mesures itinéraires anciennes avec les modernes.

X iij

J. D. CASSINI. *Conjonction de Jupiter avec la Lune observée le 24. Août 1704.*

Observation de l'Eclipse de Lune du 10. Decembre 1704.

Année 1705.

Réflexions sur les Observations des Satellites de Saturne & de son anneau.

Année 1706.

Réflexions sur des observations du P. Laval Jesuite.

Observations d'une Comete qui a commencé de paroître au mois de Mars 1706. Deux Mémoires.

Observations de l'Eclipse de Lune du 28. Avril 1706.

Observation de l'Eclipse du Soleil faite le 12. May 1706.

Réflexions sur cette Eclipse.

Année 1707.

Observation de l'Eclipse de Lune du 17. Avril 1707.

De la conjonction Ecliptique de Mercure avec le Soleil arrivée le 5. May 1707.

J. D.
CASSINI.

X iiij

J. D.
CASSINI.

Année 1710.

Observation de l'Eclipse de Lune du
13. *Fevrier* 1710.

Année 1711.

Observation de l'Eclipse de Soleil du
15. *Juillet* 1711.
Observation de l'Eclipse de Lune du
29. *Juillet* 1711.

JEAN MABILLON.

P. 358. **L**ES livres de *Liturgia Galli-
cana* ont été réimprimez
à *Paris* en 1720. *in-*4°.

BERNARDIN CORIO.

P. 374.
lig. 27. **V**Ossius le fait mourir en
1479. *lisez* 1499.

~~~~~~~~~~~~~~~~~~~~~~~~~~~~~~~~~~~~~~

CHANGEMENS, CORRECTIONS
& Additions.

Pour le Tome huitiéme.

THEOPHILE FOLENGO.

P. 3. L'Ouvrage marqué au *N°.* 1. T. Po-
eft ainfi intitulé : *L'Orlan-* LENGO.
*dino per Limerno Pitocco da Mantoua
compofto. In Venetia preffo Agoftino
Bindoni* 1550. *in-*8°. Il y a deux éditions de ce Poëme, qui eft en huit
chants, lefquelles portent toutes
deux la même année & le nom du
même Imprimeur ; mais dont l'une
eft bien meilleure que l'autre. La
moindre eft celle où la marque de
l'Imprimeur, qui eft fur le frontifpi-
ce, eft accompagnée de ces Lettres
Z. A. V. Toutes les deux font extrêmement rares. (*Haym. Notitia de'
libri rari*, p. 123.) Les noms de *Limerno Pitocco da Mantoua* défignent
parfaitement *Theophile Folengo. Pit-
toco*, qui fignifie un gueux, marque

T. Fo-LENGO.

sa profession de Moine. *Limerno* par la transposition de la seconde syllabe fait *Merlino*, nom sous lequel cet Auteur est plus connu que sous le sien propre. *Da Mantoua*, il étoit effectivement de *Mantoue*. Le stile Berniesque que *Folengo* a imité dans son *Orlandino* est un stile goguenard & bouffon, négligé en apparence, comme celui d'*Horace* dans ses Epîtres ; mais d'une négligence qu'il n'est pas aisé d'attraper. (*La Monnoye notes sur les Jugemens des Sçavans.*)

P. 4. J'ai vû, dit M. de *la Monnoye* (*Ibid*) une édition de la Macaronée de *Folengo* du 1. Janvier 1517. à *Venise* in-8°. chez *Alexandre Paganini*, où il n'y a que 17. Macaronées, très-differentes de celles qui ont paru dans les éditions suivantes, lesquelles ont huit Macaronées de plus, & diverses autres Poësies : ce pourroit être la premiere édition.

P. 16. Le titre de l'Ouvrage indiqué au *N°*. 4. est ainsi conçu : *Chaos del tri per uno. In Vinegia* 1527. *in*-8°.

L'Ouvrage marqué au *N°*. 5. sous le titre d'*Il Giano* n'a pas dû être

ainſi appellé, puiſque c'eſt un Poëme Latin. Quelques-uns l'ont mal à
propos attribué à *Jean-Baptiſte Folengo*, frere de *Theophile*, parce qu'il
ſe trouve à la ſuite de quelques Dia-
logues Latins de ſa façon, leſquels
ont pour titre : *Pomiliones*, & qui
ont été imprimez in-8°. l'an 1538.
apparemment à *Rome*; car il y a *in
Promontorio Minervæ ardente ſirio*. Il
eſt ſûr que le *Janus* eſt de *Theophile*.
(*la Monnoye*)

Les Satyres en vers Macaroniques,
appellées *le Graticcie*, & le livre d'E-
pîtres & d'Epigrammes mêlez de
mots Italiens & Latins, marquez au
N°. 6. & 7. ſont des livres imaginaires qui n'exiſtent que dans le Catalogue fabuleux que *Tomaſini* a donné
des Ouvrages de *Theophile Folengo*
à la ſuite de ſon Eloge. (*La Monnoye.
Ibid.*)

Folengo n'a point fait de Poëme
Latin *de Partu Virginis*, comme je
l'ai mis au *N°. 8.* Nous n'avons autre
choſe de lui ſur ce ſujet que le Poëme Italien *Dell' Humanita di Chriſto*,
qui eſt en rime octave. On dit que la
lecture de ce Poëme fit former à *San-*

T. Fo-
LENGO.

nazar le deſſein de ſa Chriſteide; car c'eſt ſous ce titre qu'il fit d'abord paroître ſon Ouvrage, que depuis, l'ayant augmenté & perfectionné, il intitula : *De partu Virginis*, titre qu'il faut bien ſe garder de croire qu'il ait emprunté de *Folengo*, étant très-faux que celui-ci ait jamais fait en vers Latins un Poëme ſur le même ſujet. *Jâques Philippe Tomaſini*, homme fort ſujet à ſe tromper, a ſur quelque oüi-dire debité legerement cette fable, qui n'a aucun fondement. (*la Monnoye, Ibid.*)

SCEVOLE ET LOUIS DE
SAINTE-MARTHE.

S. ET L.
DE STE.
MARTHE

P. 25. J'ay oublié dans la liſte de leurs Ouvrages, celui-ci : *Les Lettres de François Rabelais écrites pendant ſon voyage d'Italie, avec des obſervations hiſtoriques de Meſſieurs de Sainte Marthe. Paris* 1651. *in-*12. It. *Nouvelle édition augmentée de pluſieurs remarques. Bruxelles* 1710. *in-*12. Les obſervations ſont curieuſes.

LOUIS PONTICO VIRUNIO.

P. 42. LEs deux Ouvrages de *Pon-* L. P. Vi-
tico Virunio marquez au runio.
N°. 22. & 29. font fort peu connus,
parce qu'ils fe trouvent dans un livre
extrêmement rare, & qui même l'eft
fi fort, que M. de *la Monnoye*, qui
en parle dans le *Menagiana*, tom. 1.
p. 47. a cru que l'exemplaire qui
s'en trouve à la Bibliotheque *Maza-
rine* étoit le feul qui fut à *Paris* ; mais
il fe trompe : M. *Falconet* Médecin
confultant du Roy en a un autre dans
fa riche & curieufe Bibliotheque.

Sa rareté m'engage à donner ici un
détail de ce qu'il contient ; il eft intitulé : *Erotemata Guarini cum multis
additamentis & cum Commentariis La-
tinis, in-8°.* On lit à la fin : *Impreſſum
Ferrariæ per me Joannem Mazochum
anno D.* 1509. *die* 13. *Martii.*

On y lit d'abord une Epître Latine
de l'Editeur *Jean-Marie Tricœlius*
aux jeunes gens qui étudient la Langue Gréque. Après quoi viennent les
pieces fuivantes.

L. P. VI- RUNIO.

1. *Erotemata Chrysoloræ*, en Grec, pp. 131. C'est un abregé de la Grammaire Gréque de *Chrysoloras* fait par *Guarini*, & qui par cette raison est intitulé tantôt *Erotemata Guarini*, comme il l'est au frontispice du livre, & tantôt *Erotemata Chrysoloræ*, comme il l'est ici.

2. Une Epître Latine de *Pontico Virunio*, par laquelle il dédie son Commentaire sur la Grammaire Gréque de *Chrysoloras* à *Antoine Visconti*, Conseiller de *Ludovic Sforce*, Duc de *Milan*.

3. La vie de *Manuel Chrysoloras*, par *Pontico Virunio*, qui quoique fort courte, est remplie de fautes grossieres.

4°. *Pontici Virunii Declarationes quædam ad Magnificum Antonium Vicecomitem Lod. Sfor. Subrorum Ducis Consiliarium, ac Oratorem Ferrariæ, in Erotemata Guarini tumultuariæ.* Tout ce qui est de *Pontico* tient 343. pages.

NICOLAS HARTSOEKER.

P. 68. A Joûtez à fes Ouvrages le N. Hart-
suivant.

Soeker.

*Cours de Phyſique, accompagné de
pluſieurs pieces concernant la Phyſique,
qui ont déja paru, & d'un extrait critique des Lettres de M. Leeuwenhoek.
La Haye* 1730. *in-*4°. pp. 509. * Ce
cours de Phyſique n'a point le defa-
vantage de la plûpart des Oeuvres
Poſthumes ; l'Auteur y avoit mis la
derniere main, & ſe diſpoſoit à le
faire imprimer, lorſque la mort l'a
ſurpris. Il renferme ſous une forme
nouvelle, & d'une façon liée & ſuivie, tout ce que M. *Hartſoeker* avoit
auparavant publié ſur les matieres de
Phyſique en differentes rencontres.
L'Auteur y a ſuivi ſon premier ſyſtê-
me, qui conſiſte à n'admettre que
deux Elemens ; une ſubſtance parfaitement fluide, infinie, toûjours en
mouvement, dont aucune partie
n'eſt jamais entierement détachée,
& des petits corps differens en grandeur & en figure, qui nagent confu-

* Se trou-
ve à Paris
chez Bria-
ſon.

N. HART
SOEKER.

sement dans ce grand fluide, s'y rencontrent, & deviennent les differens corps sensibles. Mais il a fait quelques changemens dans l'explication de quantité de Phenoménes de la nature. » Puisque je ne cherche que » la verité, dit-il, & que je ne suis » point du tout du nombre de ceux » qui s'imaginent qu'il y va de leur » honneur de soûtenir ce qu'ils ont » une fois avancé, vrai ou faux; j'y condamne bien souvent sans façon mes » premieres conjectures, pour en substituer d'autres, dont quelques-» unes auroient sans doute le même » sort dans la suite des temps, sur-» tout, si je pouvois réüssir à engager » Messieurs de l'Academie Royale » des Sciences à entrer là-dessus en » quelque dispute avec moi. Disposition très-loüable dans un Sçavant, & qui ne peut lui être que très-utile pour avancer dans la connoissance de la verité; mais disposition qu'on perd aisement dans la pratique. *Hart-foeker* lui-même, qui paroît si desinteressé par rapport à ses sentimens, n'a pas laissé dans l'occasion de les défendre avec la derniere vivacité;
&

l'on peut dire que c'est la trop grande
chaleur qu'il a témoignée sur cet article, qui l'a broüillé avec la plûpart
des Sçavans de son temps, & avec
l'Academie des Sciences, dont il
étoit membre.

Les pieces concernant la Physique,
qui ont été ajoûtées à ce *Cours de Physique*, avoient déja paru en 1722. à
*Utrecht in-*12. sous le titre de *Recüeil
de plusieurs pieces de Physique*, que
j'ai indiqué au *N°*. 24. J'en donnerai
ici la liste.

1. *Lettre à M. le Clerc sur quelques
endroits de la Philosophie de Monsieur
Newton.*

2. *Remarques de M. le Clerc sur cette
Lettre.*

3. *Réflexions de l'Auteur sur ces Remarques.*

4. *Remarques sur une Dissertation de
M. Dortous de Mayran sur les variations du Barometre.*

5. *Remarque sur une autre Dissertation du même sur la formation de la
glace.*

6. *Remarques sur une autre Dissertation du même sur les Phosphores & Noc-
tiluques.*

Tome X. Part. II.   Y

7. *Remarques sur une These de Physique soutenuë à Leipsic sur la generation des animaux.*

8. *Dissertation sur le principe & la nature du mouvement, & sur la cause de la communication des mouvemens.*

9. *Dissertation sur cette question, quelles sont les Loix suivant lesquelles un corps parfaitement dur mis en mouvement, en met un autre de même nature, soit en repos, soit en mouvement, qu'il rencontre soit dans le vuide, soit dans le plein.*

10. *Abregé des deux Dissertations précedentes.*

11. *Remarques sur deux passages d'une These soûtenuë sous M. Bernoulli, sur le Phosphore Mercurial.*

12. *Eclaircissement sur cette question, pourquoi l'eau est toûjours plus ou moins remplie & impregnée d'air?*

13. *Dissertation sur les passions de l'ame.*

14. *Dissertation sur la peste.*

15. *Explication Physique des flux & reflux surprenans de l'Euripe.* C'est un morceau de deux pages seulement, qu'on a trouvé dans les papiers de l'Auteur, & qui paroît ici pour la premiere fois.

LEON ALLATIUS.

P. 114. J'Ai trouvé dans un Catalo-   L. AL-
gue l'Ouvrage suivant :   LATIUS.
Leonis Allatii Inſtruĉtio de Biblio-
theca Palatina Romam tranſportanda
ex Italico tranſlata à Mich. Frid.
Quade. Gryphiſwald 1708. *in-*4°.
mais je ne ſçai quand l'Ouvrage Italien a paru.

JEAN GALLOIS.

P. 160. ON ne trouve de lui dans   J. GAL-
l'*Hiſtoire de l'Academie* LOIS.
des Sciences que la piece ſuivante.
Réponſe à l'écrit de M. David Gre-
gory, touchant les lignes appellées Ro-
bervalliennes, qui ſervent à transfor-
mer les figures. Ann. 1703.

BARTHELEMY PLATINE.

P. 228. **H***Aym* dans sa Notice dés-
livres Italiens marque
deux traductions Italiennes des vies
des Papes de *Platine* , sous ces titres :

*La Istoria di Battista Platina , delle
vite de' Pontefici sino à Paolo II. con il
seguito d'Onofrio Panvinio sino à Paolo
IV. e le annotazioni dello Stesso Panvinio , tradotta per Lucio Fauno. In Venezia* 1563. *in-*4°. On trouve dans
cette édition , dit *Haym* , plusieurs
particularitez qui ne sont pas dans les
autres.

*Vite de' sommi Pontefici di Battista
Platina, ampliate sino a ClementeVIII. e
à Paolo V. tradotte in Italiano da Barto-
lomeo Dionigi , e da Lauro Testa. In
Venetia* 1613. *in-*4°.

Il a paru une traduction Flamande
du même Ouvrage de *Platine* à *Amsterdam* l'an 1650. en deux vol. *in-*12.

P. 232. *lig.* 6. Il s'est glissé une
faute dans le quatriéme vers de l'Epigramme de *Sannazar* , où il faut lire
pascere , & non point *parcere*.

P. 233. On a une traduction Fran- B. PLA-
çoife du Dialogue de *Platine* contre TINE.
l'amour, qui eft jointe à un autre de
Fulgofe fur le même fujet. Le tout eft
intitulé : *Deux livres du contramour de*
Battifte Fulgofe, & le Dialogue de Bat-
tifte Platine contre les folles amours,
trad. en François. Paris 1581. *in-*4°.

JACQUES SANNAZAR.

P. 258. OUtre les éditions des J. SAN-
Poëfies Latines de *San-* NAZAR.
nazar dont j'ai fait mention, il en a
paru une à *Naples* en 1718. *in-*12. pp.
138. fous le titre de *Jacobi Sannazari*
Opera omnia cum emendatiffimis collata
exemplaribus, dans laquelle on a
ajoûté l'Eloge de *Sannazar* par *Paul*
Jove, deux Brefs qui lui ont été
adreffez par *Leon X.* & *Clement VII.*
& deux lettres que le Cardinal *Gilles*,
& *Belifaire Acquaviva* lui avoient
écrites.

P. 259. Son Poëme de *Partu Virgi-*
nis a été commenté par deux Auteurs.

Le premier eft *Lazare Cardona*,

J. SAN-Prêtre Sicilien , natif de *Modica* , &
NAZAR. Docteur en Droit, qui a publié
Commentaria in tres libros Sannazarii
de Partu Virginis. Venetiis 1584. *in-8°.*
Comme cet Auteur s'étoit réfervé la
liberté de critiquer dans *Sannazar* ce
qu'il jugeoit à propos , fon Commentaire n'a pas plû à *Valentin Odoricio* ;
autre Commentateur du Poëme de
Sannazar , plus prévenu en faveur
de cet Ouvrage.

Celui d'*Odoricio* a été inferé dans
une édition des Poëfies Latines de
Sannazar , dont je rapporterai le
titre entier , qui fait connoître ce
qu'elle a de fingulier. *Jacobi Sanna-*
zari Operà omnia Latine fcripta & in
tres de Partu Virginis libros Valentini
Odoricii Commentaria , cum multis
infignioribus , quos Poeta imitatus eft ,
adductis locis , nec paucis in his aliorum
notatis & emendatis erroribus. Addito
præterea in fine Commentarii ipfius Odo-
ricii Poemate de Incendio Veneto , in
quo Incendia omnia , & Navales Vene-
torum Victoriæ , à condita urbe , ufque
ad hanc diem continentur. Et in fine
operis Elegia de Felici Victoria à
Chriftianis contra Turcas parta , &c.
Venetiis 1593. *in-8°.*

Le Poëme de *Sannazar* a été tra- J. SAN-
duit en vers Italiens. *Del Parto della* NAZAR.
Vergine del Sannazaro libri tre, tra-
dotti in Verſi Toſcani da Giovani
Giolito de' Ferrari. In Venetia 1588.
in-4°.

P. 263. La meilleure édition & la
plus ample de l'*Arcadie* de *Sannazar*
eſt la ſuivante : *L'Arcadia di M.*
Giacomo Sannazaro, colle antiche an-
notazioni di Tommaſo Porcacchi, Fran-
ceſco Sanſovino, e Giambatiſta Maſſa-
rengo ; inſieme colle Rime dell' Autore
ed una Farſa del Medeſimo non iſtampa-
ta altre volte ; in queſta Edizione ac-
creſciuta della vita dell' Iſteſſo, ſcritta
gia da Giambatiſta Criſpo, ed oggi la
prima volta ſupplita, corretta ed illuſ-
trata. In Napoli 1720. *in*-12. La
piece, qui a paru dans cette édition
pour la premiere fois, fut repreſen-
tée à *Naples* devant le Duc de *Cala-*
bre le 14. Mars 1492. en réjoüiſſance
de la Victoire remportée dans le
Royaume de Grenade le 2. Janvier
de cette année par le Roy Catholique
Ferdinand.

P. 264. *Le Opere volgari di M.*
Jacobo Sannazaro, Cavaliere Napole-

J. San- *tano, cioè l'Arcadia alla sua vera*
NAZAR *Lezione restituita, colle annotazioni del Porcacchi, del Sansovino, e del Massarengo, le Rime arrichite di molti componimenti, tratti da Codici Mss. ed impressi; e le Lettere nouvellamente aggiunte. Il tutto con somma fatica e diligenza dal Doctor Gio. Antonio Volpi, & da Gaetano di lui fratello, riveduto, corretto, ed illustrato. In Padoua 1723. in-4°.* On voit à la tête la vie de *Sannazar*, par *Jean-Baptiste Crispo*, avec les notes d'un sçavant Anonyme Napolitain, & des freres *Volpi*. La premiere édition des Poësies Italiennes de *Sannazar* est, à ce qu'on croit, celle de *Rome*, faite en 1530. *in-4°*. Il y en a une autre de *Venise* de l'an 1561. *in-12.* avec les remarques de *Sansovino*; mais celle des freres *Volpi* l'emporte sur toutes les autres & est la meilleure, la plus ample & la plus parfaite que l'on ait.

JEAN

JEAN JOVIEN PONTANUS.

P. 271. Camille *Porzio*, Napoli- J. J. PON-
tain, dans son livre inti- TANUS.
tulé : *La Congiura de' Baroni del Re-*
gno di Napoli contra il Re Ferdinando
I. in Roma 1565. in-4°. nous apprend
le sujet qui lui fit composer son Dialogue, intitulé : *Asinus seu de Ingra-*
titudine. » Ce fut, dit-il, *Pontanus*
» qui menagea la paix entre le Roy
» *Ferdinand I.* & la Noblesse du
» Royaume de Naples ; & il esperoit
» qu'en récompense de ce service il
» obtiendroit la place d'*Antoine Pe-*
trucci. Mais le Duc de *Calabre* peu
» reconnoissant de ce qu'il avoit fait
» pour lui en cette occasion, & d'ail-
» leurs faisant peu de cas des gens de
» Lettres, ne sollicita pas en sa fa-
» veur auprès de *Ferdinand* son pere,
» comme il auroit pu le faire : ce qui
» irrita tellement cet ambitieux vieil-
» lard, qu'il composa le Dialogue de
» l'Ingratitude, où il introduit un
» âne, qui bien nourri par son maî-

J. J. PON-
TANUS.

» tre ne l'en remercie que par des
» coups de pied.

Quelques Poëſies de *Pontanus* ont
été imprimées ſéparément dans le
livre ſuivant. *Duorum illuſtrium Poe-*
tarum Jo. Joviani Pontani Præceptoris
olim Seren. Alphonſi Regis Siciliæ, &
Gaſparis Murtulæ J. C. Genuenſis & à
ſecretis ſer. Caroli Emmanuelis Ducis
Sabaudiæ Neniarum, ſive Nutricia-
rum libri tres. A Felice Contelorio nu-
per in lucem editi. Viterbii. 1613.
*in-*16.

On attribuë à *Pontanus* l'Epitaphe
ſatyrique : *Hoc tumulo,* &c. de *Lu-*
crece Borgia fille du Pape *Alexandre*
VI. mais il faut, ou qu'on la lui attribuë fauſſement, ou s'il l'a verita-
blement faite, que ç'ait été en ſe
joüant, puiſqu'il eſt mort avant *Lu-*
crece, qui n'étoit pas même fort âgée
lorſqu'il mourut, *Paul Jove* ayant dit
d'elle dans la vie d'*Alphonſe I.,* Duc
de *Ferrare,* que *integra adhuc ætate*
defuncta eſt. (*La Monnoye notes ſur les*
Jugemens des Savans.)

Son Dialogue intitulé : *Actius,*
commence par un contrat de vente

composé dans le ftile des anciens Ro- J.J. Pon-
mains ; ce qui l'a fait regarder par TANUS.
quelques Auteurs comme une piece
ancienne. *Rabelais* y a été pris pour
dupe, lorfqu'il l'a fait imprimer à
Lyon en 1532. avec le faux Tefta-
ment de *Cufpidius Lætus. Barnabé
Briffon* l'a auffi inferé dans fes formu-
les, quoiqu'il doutât de fa verité.
D'un autre côté quelques-uns ont
traité à cet occafion *Pontanus* d'im-
pofteur, comme s'il avoit voulu faire
paffer une de fes productions pour un
Ouvrage de l'antiquité ; mais cette
imputation eft fauffe, *Pontanus*
n'ayant jamais rien avancé de fem-
blable.

JACQUES LE PAUMIER
DE GRENTEMESNIL.

P. 287. **I**L a publié les Lettres de J. LE PAU-
Claude Sarrau, qu'il fit MIER.
imprimer à *Orange* en 1654. *in-8°.*
avec l'Eloge de *Sarrau* à la tête.

GUILLAUME POSTEL.

G. POS-
TEL.

P. 323. DE *Magiſtratibus Athe-nienſium liber* indiqué au *Nº.* 5. a paru avec une addition de *Thyſius : Editio nova auctior Anto-nii Thyſii diſcurſu Politico de Republica Athenienſium.* L'Ouvrage de *Poſtel* a été traduit en Italien : *De' Magiſtrati degli Atenieſi, di Guglielmo Poſtello, tradotto da Gio. Tatti. In Venetia* 1543, *in*-8º.

P. 346. L'Exemplaire des *Prime nove del Mondo,* que poſſede M. *de Boze,* n'eſt pas le ſeul qui ſoit en Europe. M. *Jordan* Miniſtre de *Prentzlau* m'a appris qu'il y en a un autre dans la magnifique Bibliothe-que du fameux Sénateur Allemand *Uffenbach,* qui eſt maintenant Bour-guemaître & Aſſeſſeur du Conſiſtoire de la République Impériale de *Franc-fort ſur le Mein.*

P. 352. L'Ouvrage cité au *Nº.* 43. ſur l'autorité de *la Croix du Maine,* à l'Auteur le plus propre à tromper ceux qui le ſuivent, n'a pas été im-

primé en François, mais en Italien.
En voici le titre tel qu'il se trouve
dans le Catalogue de la Bibliotheque
du Sénateur *Uffenbach* : *Libro della
divina ordinatione, dove si tratta delle
cose Miracolose. In Padoua* 1554. *in-*4°.

    J'ay trouvé à la tête d'un livre in-
titulé : *Les Recherches des Monnoyes,
poix, & manieres de nombrer, des
premieres & plus renommées Nations
du monde. Par François Garrault,
Sieur de Gorges, Conseiller du Roy &
General en sa Cour des Monnoyes. Paris*
1676. *in-*8°. J'ai trouvé, dis-je, à la
tête de ce livre, une piece de vers
François de *Postel*, qui a pour titre :
*Guillaume Postel Cosmopolite, en fa-
veur des Recherches des Monnoyes,
poix, & nombres anciens & modernes
du Sieur Garrault.* Cette piece, qui
est de 50. vers, fait connoître que
Postel n'avoit aucun talent pour la
Poësie ; rien de plus embroüillé, ni
de plus plat que sa versification. D'ailleurs rien n'est plus ridicule que l'i-
magination de cet Auteur, qui après
avoir dit que :

*Un d'or, douze d'argent, c'est parfaite
   unité,*

G. Pos-en trouve la raison dans ce que le
TEL.   Zodiaque a douze signes ; *Jacob* avoit
douze enfans ; *Jesus-Christ* avoit
douze Apôtres ; *Charlemagne* étoit
maître de douze Païs , *&c.*

❋❋❋❋❋❋❋❋❋❋❋❋❋❋❋❋❋❋

CHANGEMENS, CORRECTIONS
& Additions.

Pour le Tome neuvième.

BATISTE FULGOSE.

P. 1. Outre le nom de *Fulgose* B. Ful qu'on lui donne commu-G O S E. nément, *Volaterran* l'appelle *Frigose* ; & dans quelques éditions de son Recueil *Dictorum Memorabilium*, par exemple dans celle de *Basle*, chez *Henric-Petri*, *in-fol.* en 1555. il est nommé *Campofulgose*. (M. l'Abbé *Papillon.*)

CLAUDE JOLY.

P. 120. J'Ai vû une édition fort C. JOLY. belle du livre intitulé : *De Reformandis Horis Canonicis ac rite constituendis Ecclesiasticorum Muneribus consultatio* 1644. *in-12.* sans

Z iiij

G. JOLY. nom de lieu avec l'*Appendix*, pp.
133. A la fin est, *Nova Appendix*
1646. pp. 31.

POGGIO BRACCIOLINI.

P. BRAC-
CIOLINI.

P. 152. LA Lettre du *Pogge à Leo-*
nard Aretin, sur le sup-
plice de *Jerôme de Prague*, a paru
dans les *Icones Bezæ* imprimez en
1580. *Simon Goulart* la traduisit en
François, & la fit imprimer l'an
1581. avec sa traduction des *Portraits*
de Beze. (M. l'Abbé *Papillon*.)

P. 156. La traduction Latine de
Diodore de Sicile, faite par le *Pogge*,
a paru séparément dans la belle édition de *Colines*, de l'an 1531. en caractères Italiques, & avec le reste de
Diodore dans l'édition de *Gryphe*,
in-16. en 1552. (*Id.*)

MARTIAL D'AUVERGNE.

P. 171. ON difpute fort fur la pa- M. D'Au-
trie de cet Auteur, que VERGNE.
fes deux noms ont fait prendre par
les uns pour Limoufin, & par d'autres pour Auvergnat. Mais les uns &
les autres fe font trompez; il étoit de
Paris, & *d'Auvergne* étoit fon nom
de famille; c'eft ce qu'on voit par fon
Epitaphe, qui eft peu connuë, parce
qu'elle fe trouve dans un livre que
ceux qui s'appliquent à connoître les
Sçavans ne s'avifent guéres de lire,
je veux dire, dans les additions de
Joly au livre 1. des *Offices de France*
de *Loifeau*, *tom.* 1. *fol.* 144. On y
voit la veritable datte de la mort de
Martial d'Auvergne, qui eft le 13.
May 1508. Cette piece m'a été indi-
quée par M. *Secouffe* de l'Academie
des Infcriptions & Belles-Lettres.

La voici, telle qu'on la trouve en
cet endroit fans aucun préambule,
en François & en Latin.

**M. D'AU-
VERGNE.** *Epitaphium Martialis d'Auvergne,
Procuratoris in Parlamento.*

*Quiescit hic vir laude dignus, &
magnæ pietatis Martialis d'Auvergne,
Parisiensis Diœcesis, qui 50. annis Procuratoris Officium hoc in Senatu summo
cum labore & diligentia fideliter exer-
cuit, & director ac nutritor pauperum
semper existens, vigiliisque Caroli VII.
Francorum Regis, nec non Horis ad
laudem Dei Genitricis Mariæ, pluri-
misque aliis gestis gallice ab ipso editis,
tandem senio confectus, plurimis scientiis
ac patientia imbutus expiravit anno
octavo supra 1500. 13. Die Maii.*

Le même en François.

*Cy devant gist en sepulture
M. Martial d'Auvergne sur-nommé,
Né de Paris, & fut plein de droicture;
Pour ses vertus d'un chacun bien aymé;
En Parlement Procureur renommé,
Par 50. ans exerça la pratique;
Avec ses pere & mere est inhumé
Les honorant comme fils Catholique:
Sous Jesus-Christ en bon sens pacifique*

Patiemment rendit son esprit
En May 13. *ce jour-là sans replique ,*
Qu'on disoit lors mil cinq cent & huit.

P. 175. M. *le Duchat* s'est trompé
en assûrant (*a*) dans ses additions aux
Mémoires de Litterature que l'édition
la plus ample des *Arrêts d'amour ,* est
celle de *Rouen.* 1587. *in-16.* Celle de
Jerôme Marnef (& non *Marnel* , comme j'ai dit après lui) de l'an 1566.
in-16. contient, comme celle-là, le
52e. *Arrêt , l'Ordonnance sur le fait des*
Masques , & le 53e. *Arrêt rendu par*
l'Abbé des Cornards en ses grands jours ;
quoique M. *le Duchat* assûre le contraire. Je tiens cette remarque de M.
l'Abbé *Papillon.*

P. 182. L'édition des *Vigiles de*
Charles VII. faites à *Paris* en 1505.
est *in-4°.* chez *Michel le Noir.*

GUY PANCIROLE.

P, 191. ON à une édition Italienne de l'Ouvrage de *Pan-*
cirole des choses mémorables , qui porte

(*a*) *Memoires Litter. tom.* 1. *p.* 461.

G. PAN- ce titre ; *Raccolta breve d'alcune cose*
CIROLE. *segnalate, ch' hebbero gli antichi, e*
d'alcune altre trovate da moderni, opera
di Guido Panciroli, con l'aggiunta d'al-
cune considerazioni curiose di Flavio
Gualteri. In Venetia 1612. *in-*4°. Ce
n'eſt pas apparemment la premiere.

M. l'Abbé *Papillon* marque avoir
une traduction de l'Ouvrage de *Pan-*
cirole, imprimée en 1617. ſous ce titre:
Livre premier des Antiquitez perduës,
& ſi au vif repréſentées par la plume de
l'illuſtre Pancirol, qu'on en peut tirer
grand profit de la perte, accompagné
d'un ſecond des choſes nouvellement in-
ventées, & auparavant incoanuës, en
faveur des curieux, traduits tant de
l'Italien, que du Latin en François,
par Pierre de la Noue. Lyon 1617. *Pi.*
*Rouſſin, in-*12. pp. 261. L'Epître dédicatoire à M. *Bernard Opperſtdorff*
libre Baron d'Aich, &c. eſt dattée de
Lyon le 30. Mars 1617. M. *Papillon*
croit que c'eſt la premiere édition de
cette traduction, au lieu que j'en ai
cité une de 1608. ſur la foy d'un
Catalogue.

OLAUS VORMIUS.

P. 198, **A**Joûtez à ſes Ouvrages *O. Vor-*
les ſuivans. *MIUS.*

Problemata Philologica & Philoſo-
phica. Haſniæ 1619. *in-*4°.

Diſputatio de Calculo Renum & Ve-
ſicæ. Haſniæ 1651. *in-*4°.

Diſputatio de Febre tertiana remit-
tente Epidemia Maligna. Haſniæ 1652.
*in-*4°.

Diſputatio de Febribus in genere.
Haſniæ 1653. *in-*4°.

Corollarium de Quæſtione : an os
illud , quod vulgo pro cornu Monoce-
rotis venditatur , ſit verum Unicornu ?
Cette piece , où il décide la queſtion
par la négative , fut d'abord imprimée en 1638. avec un autre Ouvrage.
Thomas Bartholin l'a depuis fait entrer
dans ſes *Obſervationes novæ de Unicor-*
nu. Patavii 1645. *in-*8°. *p.* 98. & enſuite dans ſa *Ciſta Medica Haſnienſis.*
Haſniæ 1662. *in-*8°. *Locul* 37.

Judicia & Conſilia aliquot Medico-
Practica. Inſerez dans la *Ciſta Medica*
de Bartholin. Loc. 44. 46. 47. 48. 55.

O. VOR-
MIUS.

Judicium de Cura Dysenteriæ Empi-
rica. Inseré dans la quatriéme Dissertation de *Bartholin. De Medicina Da-*
norum domestica. Hafniæ 1666. *in*-8°.

Epistolæ Medico-Physicæ, ad Tho-
mam Bartholinum. Ce dernier les a
fait entrer dans les deux premieres
Centuries de ses Lettres.

L'Ouvrage marqué au *N°*. 7. est
de l'an 1620.

L'Histoire de Norvege marquée au
N°. 10. n'est pas de *Vormius*, comme
on pourroit le croire. L'Auteur est
Snorron Sturleson, sçavant d'Islande,
qui l'écrivit dans le 13°. siécle en
Langue Islandoise. *Pierre Claude* de
Norvege la traduisit en 1599. en
Langue Danoise, & *Vormius* prit seu-
lement le soin de publier cette tra-
duction.

JACQUES SAVARY.

J. SA-
VARY.

P. 204. CE n'est point en 1667.
que *Louis XIV.* donna
une Déclaration en faveur de ceux
qui auroient douze enfans vivans;
ce fut au mois de Novembre 1666.

L'Edit fut verifié le 9. Decembre J. Sa-
1666. à la Cour des Aides à *Paris.* V. vary,
p. 288. du *Traité de la Noblesse par la
Roque.* Edition de 1678. (M. l'Abbé
Papillon.)

P. 210. Depuis l'édition du neuviéme volume de ces Mémoires, on
a donné une suite du *Dictionnaire
universel du commerce,* sous le titre de
*Tome troisiéme pour servir de Supplé-
ment aux deux premiers volumes,* composé en partie sur les *Mémoires du feu
Sieur Jacques Savary des Bruslons, Inf-
pecteur general des Manufactures pour
le Roy à la Douane de Paris, & perfectionné par feu M. Philemon-Louis
Savary, Chanoine de l'Eglise Royale
de S. Maur des Fossez, son frere. Paris
1730. in-fol.* Un avis qui est à la tête
de ce troisiéme volume nous instruit
de quelques particularitez de la vie
de l'Editeur, qu'il ne faut pas omettre ici.

Philemon-Louis Savary, quoiqu'é-
loigné par son état d'Ecclesiastique
des affaires du commerce, ne laissa
pas d'en acquerir un grande connoiffance, par la lecture, & par le soin
qu'il prit de recüeillir tout ce qu'une

J. SA-judicieuse & sçavante Theorie pou-
VARY, voit lui fournir de meilleur en ce
genre. Après la mort de son pere, il
fut chargé de la gestion des affaires
du Duc de *Mantoue*, emploi dont il
s'aquitta jusqu'à sa mort, à la satis-
faction de ce Prince. Comme il pos-
sedoit le don de la parole, il prêcha
pendant sa jeunesse avec applaudissement dans les meilleures Chaires de
Paris; mais la foiblesse de son tem-
pérament ne lui ayant pas permis de
continuer ce pénible exercice, il se
retira à son Canonicat de *S. Maur*.
Là plus appliqué à ses devoirs, qu'a-
gité des projets de fortune, il a passé
plusieurs années dans une tranquil-
lité laborieuse. Outre les fonctions
de son état, & l'étude des sciences
solides & essentielles, il se faisoit un
amusement des expériences de Physique, d'Optique, de Mathematiques,
&c. M. *des Bruslons* son frere avoit
ramassé dans son emploi tout ce qui
concernoit le commerce; mais comme la diversité de ses occupations ne
lui laissoit pas le temps de rédiger ses
Mémoires, qui ont été le fond de
son Dictionnaire, il les lui envoyoit
pour

pour les mettre en ordre ; & il y a J. S A-
travaillé pendant trente áns. A peine VARY.
eut-il mis la derniere main à ce Supplement , qu'il mourut le 20. Septembre 1727. âgé de 73. ans.

LOUIS CASTELVETRO.

P. 233. **Q**Uelques perfonnes veu- L. C A s-
lent abfolumeut que TELVE-
Caftelvetro foit mort à *Modene* , parce TRO.
que *Ghilini* l'a affûré , *mori nella fua
Patria* ; fans faire réflexion que l'Epitaphe rapportée par cet Auteur , qui
apparemment ne l'a pas entenduë ,
dit bien clairement le contraire. Il y
a déja long-temps que tout le monde
fçait que ce Bibliothecaire broüille
tout , & n'entend fouvent rien aux
Auteurs qu'il copie , ou qu'il cite ; &
qu'il ne mérite par conféquent aucune attention dans les faits qu'il
rapporte , à moins qu'ils ne foient
autorifez d'ailleurs.

JACQUES LENFANT.

J. Len-*P. 256.* **S**On Histoire du Concile
FANT.   de *Basle* a paru sous le titre d'*Histoire de la guerre des Hussites
& du Concile de Basle. Amsterdam*
1731. *in*-4°. 2. *vol.* & depuis à *Utrecht*
(*Paris*) dans la même année. On a
aussi imprimé dans le même endroit
les Conciles de *Constance* & de *Pise*.

DENIS DE SALLO.

D. de*P. 277.* **I**L y a une édition de l'Ou-
Sallo.   vrage de M. *de Sallo* sur
les *Legats*, qui parut à *Cologne* l'an
1669. *in*-12. *Le Traité de l'origine des
Cardinaux*, qui accompagne ceux *des
Legats à Latere*, n'est pas de lui. Il
est facile de voir par la page 51. que
Guillaume du Peyrat en est l'Auteur,
puisqu'il y rappelle son livre des
*Antiquitez de la Chapelle du Roy. Du
Peyrat* avoit été Substitut de Messieurs
les gens du Roy, au Parlement de
Paris, & devint depuis Aumônier du
Roy. (M. l'Abbé *Papillon.*)

JANUS GRUTER.

P. 398. ON pourroit ajoûter à ce J. G R U-
qui a été dit *N°.* 8. des T E R.
Commentaires de *Gruter* fur *Tacite*,
que l'*Index* de l'édition de *Francfort*
1607. feroit un volume auffi épais
que *Tacite* même, dont le texte eft
fort correct dans cette édition, qui a
fon prix parmi les *Bibliomanes*.

* * *

CHANGEMENS, CORRECTIONS
& *Additions.*

Pour le Tome dixiéme.

BENEDICT PICTET.

B. Pic-*P.* 9. JE me suis trompé en disant
T E T. que sa *Morale Chrétienne*
avoit été réimprimée en 1721. en 3.
vol. *in*-4°. Il falloit dire sa *Theologie*
Chrétienne : elle a paru dans cette
nouvelle édition sous ce titre.

La Theologie chrétienne, & la science
du salut, ou l'exposition des veritez
que Dieu a révelées aux hommes dans la
Sainte Ecriture ; avec la réfutation des
erreurs contraires à ces veritez ; l'histoire
de la plûpart de ces erreurs ; les sentimens
des anciens Peres, & un abregé de ce
qu'il y a de plus considérable dans l'His-
toire sainte & profane. Nouvelle édition
corrigée & augmentée d'un troisiéme vo-
lume. Geneve 1721. *in*-4°. *3. tom.* Cette
édition est la troisiéme ; la premiere
étant de 1701. *Amsterdam*, & la se-

conde de 1708. *Geneve*, toutes deux B. P ı c *in-4°.* L'Auteur n'a rien ajoûté aux т е т. deux tomes, qui avoient été déja imprimez; il a mis seulement dans le texte les notes qui étoient en marge. Le troisiéme volume contient un Indice des Peres, des Papes, des Heretiques, des Conciles, une Histoire universelle, & les antiquitez Judaïques.

Ajoûtez à ses Ouvrages.

Dissertationes duæ, quarum I^a *est de sole Justitiæ. Malachiæ IV.* 2. II^a *de Calculo Albo. Apocal.* 11. 17. *Lugd. Bat.* 1677. *in-4°.*

De notis Ecclesiæ 1691. *in-4°.*

La maniere de bien sanctifier le jour du Dimanche & de bien Communier. Geneve 1694. *in-12.*

Paraphrase du Pseaume 90. *avec une Priere pour le nouvel an.* 1697. *in-4°.*

Préparation au jeûne, & Priere d'un Chrétien, qui examine sa conscience, par rapport aux Commandemens de Dieu. Geneve 1700. *in-12.*

V. *Nova Litteraria Helvetica. Scheuchzeri, an* 1702. p. 58.

CHANGEMENS,

CORRECTIONS

ET ADDITIONS,

Qui font venues trop tard, pour
être inferées à leur rang.

CHANGEMENS

CORRECTIONS

ET ADDITIONS,

Qui font venues trop tard pour être inferées à leur rang.

DOMINIQUE GUGLIELMINI.

Tome I. A JOUTE'S à fes Ou-
p. 102. vrages.

Epiftola ad G. G. Leibnitium de aquarum fluentium menfura. Cette Lettre, dans laquelle *Guglielmini* répond à une Differtation de *Denys Papin* contre fon fentiment fur cette matiere, inferée dans le Journal de *Leipfic* de l'an 1691. p. 208. fe trouve dans le premier volume des *Micellanea Berolinenfia. Berolini* 1710. *in-4°.*

Jofephi Donzelini Antonii Filii Cof.

D. GUG-
LIELMINI

Tome X. P. II.   Bb

D. Gug- *ſentini Sympoſium Medicum , ſive Quaſ-*
LIELMINI *tio Convivalis de uſu Mathematum in
arte medica. Venetiis* 1707. *in-*8°.
Manget veut que le nom de *Donze-
lini* ne ſoit qu'un maſque qui cache
Dominique Guglielmini.

PAUL CASATI.

P. CA- *Tome I.* **A** Joûtez à ſes Ouvrages
SATI, *p.* 175. le ſuivant.
*Problemata ab Anonymo Geometra
Lugduni Batavorum propoſita à Paulo
Caſato Societatis Jeſu Placentino Parmæ
explicata. Parmæ* 1676. *in-*12.

ETIENNE BALUZE.

E. BA- *Tome I.* **J**Ean-George *Schelhorn* a in-
LUZE. *p.* 206. ſeré dans ſes *Amœnitates
Litterariæ ,* tom. 8. p. 622. deux Lettres de *Baluze,* l'une à *Frederic-Be-
noiſt* Carpzovius , dattée du 1. Janvier
1680. & l'autre à *Jean Schilter* du 13.
Decembre 1684. Elles ſont curieuſes
& renferment pluſieurs particularitez
Litteraires.

ISMAEL BOULLIAUD.

Tome 1. **B**Urcard *Gotthelf Struvius* I. Boul-
p. 334. **B** a inferé dans fes *Acta* liaud.
Litteraria ex manuscriptis eruta. Fascic.
2. p. 14. Une Lettre fort curieufe de
Boulliaud , dattée de *Paris* le 24.
Novembre 1656. C'eft un Eloge de
Jacques du Puy.

Ifmaelis Bullialdi de Populis Fundis
ad Nicolaum Rigaltium. Parif. 1655.
*in-*4°. It. *Nic. Rigaltij, Ifm. Bullialdi,*
& Henrici Valefii obfervationes de Po-
pulis Fundis. Divione 1656. *in-*8°. M.
Boulliaud prétend dans fa Differtation , qu'un peuple pour devenir *Po-*
pulus Fundus , devoit renoncer à fes
Loix & fe foumettre à celles des Ro-
mains : fentiment contraire à celui
de M. *Rigault.*

L'Ouvrage de *Ptolemée* indiqué au
N°. 7. eft *in-*4°.

N°. 3. Le vrai titre eft : *Theonis*
Smyrnæi eorum quæ in Mathematicis ad
Platonis lectionem utilia funt , expofi-
tio , Græcè & Latinè , edente cum notis
Ifm. Bullialdo. Parif. 1644. *in-*4°.

I. BOUL-
LIAUD.

Marci Manilii Astronomicon , resti-
tutum à Jos. Scaligero , cum ipsius notis
amplissimis , nec non Th. Reinesii & Is-
maelis Bullialdi Animadversionibus.
Argentorati 1655. in-4°. J'avois oublié ces remarques.

Catalogus Bibliotheca Thuana à
Clar. V. Petro & Jacobo Puteanis ,
ordine alphabetico primum distributus ;
tum secundum scientias & artes à Cl.
V. Ismaele Bullialdo digestus ; nunc vero
editus à Josepho Quesnel , Parisino &
Bibliothecario. Paris. 1679. in-8°. 2.
vol. C'est un des meilleurs Catalogues
que l'on ait , tant pour les livres qui
y sont contenus , que pour l'ordre
dans lequel ils sont rangez.

SILVIO BOCCONI.

S. Boc-
CONI.

Tome 2.
p. 165. **A**Joûtez à ses Ouvrages.
Observatio circa non-
nullas Plantas Marinas imperfectas , uti
Fucos , Corallinas , Zoophyta , Fungos
& similes , earumque Originem. Inserée
à la p. 142. de l'*Appendix* de la qua-
trième année de la troisième Decurie
des Ephemerides des Curieux de la
nature.

De Materia Simili Lithomargæ Agri- S. Bot-
cola , aut Agarico Minerali Ferrantis coni.
Imperati, quæ in cavitate quorumdam
Saxorum aut filicum in diftrictu civitatis
Rhotomagenfis , & Portus Gratiæ in
Normannia invenitur. Inferé dans la
premiere & feconde Centuries des
Ephemerides des Curieux de la nature
& dans la *Bibliotheca Scriptorum Me-*
dicorum de *Manget ,* tom. 1. p. 333.

CHARLES PATIN.

Tome 2. **A** Joûtez à fes Ouvrages C. Pa-
p. 217. **A** les Brochures fuivantes. tin.
In Stirpem Regiam Epigrammata.
Devifes & emblemes de la Maifon Roya-
le Franc. & Lat. (*Paris*) 1660. in-4°.
pp. 23. Réimprimé à *Amfterdam* en
1695. avec la Lettre fuivante à la fin
de fon *Introduction à l'Histoire ,* dont
le titre a été changé ainfi dans cette
édition : *Histoire des Médailles , ou*
Introduction à la connoiffance de cette
science. Les devifes font au nombre
de dix , & ont été gravées par *F.*
Chauveau.

Au Roy. Lettre du 26. Mars 1662.

C. P A-*in*-4°. pp. 8. *Patin* lui demande per-

T I N. miſſion de lui dédier un Ouvrage qu'il avoit fait ſur les Médailles Con-ſulaires , & qui parut l'année ſui-vante.

On trouve dans le dixiéme vo-lume des *Amœnitates Litterariæ* de *Jean-George Schelhorn* , p. 1252. une Lettre aſſez longue de *Patin* à *Jean Faber*, dattée de *Padone* le 20. De-cembre 1677. Il y marque qu'on avoit ſongé depuis peu à l'appeller à *Vienne* pour y être Médecin de l'Empereur , à la place d'un nommé *Billote* ; mais cela n'eut point lieu.

L'Ouvrage Italien marqué au *N°.* 8. n'eſt qu'une traduction de l'*In-troduction à l'Hiſtoire* , &c. qui eſt au *N°.* 4. En voici le titre : *Introduzione à l'Hiſtoria della prattica delle Meda-glie , tradotta dal Franceſe da Conſtantino Belli. In Venezia* 1673. *in*-12.

Une Lettre de *Bœcler* dattée du 12. May 1670. & inſerée dans les *Acta Litteraria* de *Struvius , faſc.* 6. p. 23. m'apprend que *Patin* eſt l'Editeur des Lettres de *Pierre Martyr* , qui paru-rent à *Amſterdam* l'an 1670. *in-fol.*

JEAN-GEORGE GRÆVIUS.

Tome 2. A Joûtez à fes Ouvrages
p. 239. A celui-ci.

In Obitum Joannis de Bruyn Oratio.
Amftelodami 1675. *in*-4°.

J. G.
GRÆ-
VIUS.

JACQUES BENIGNE BOSSUET.

Tome 2. O N vient de donner au
p. 267. O public l'Ouvrage fuivant de ce fçavant Prélat.

J. B. Bos-
SUET.

Traitez du libre arbitre & de la con-
cupifcence. Paris 1731. *in*-12. Ces traitez font précedez d'un *Mandement de*
M. Boffuet , Evêque de Troyes, pour
en recommender la lecture.

La *Réfutation du Catechifme de Paul*
Ferri, marquée au *N°.* 1, eft *in*-4°.
& non pas *in*-12. Elle a été réimprimée à *Paris* en 1719. *in*-12.

N°. 12. *L'explication de quelques*
difficultez, &c. a été réimprimée à
Paris en 1731. *in*-12.

N°. 24. La *Lettre fur l'adoration de*
la Croix eft adreffée au Frere *Armand*

B iiij

J. B. Bos- *Climaque*, Moine de *la Trappe*, nou-
SUET. veau converti ; mais qui retourna depuis au Proteſtantiſme, & eſt mort
maître d'Ecole à *Geneve*.

JEAN - ANTOINE CAMPANI.

J. A. *Tome 2.* **L**'Edition des Oeuvres de
CAMPA- *p. 276.* Campani, publiée par
NI. *Ferno*, qui a mis à la tête la vie de cet
Auteur, eſt ſi rare, qu'il eſt à propos
de marquer ici en détail les Ouvrages
qu'elle contient. Les voici.

*Ad Pandulſum Balionium de ingra-
titudine fugienda libri tres.*

2. *De regendo Magiſtratu ad Franciſcum Lucium Equitem Senenſem,
Prætorem Romanum.*

3. *Ad Franciſcum Maximum civem
Romanum de Dignitate Matrimonii.*

4°. *Ad Pandulſum Balionium Thra-
ſimeni deſcriptio.*

5. *Ad Cardinalem Papienſem de
fratris obitu Conſolatio.*

6. *Cenſuræ in Quintiliani declama-
tiones, in Orationes Tullii, in Victo-
rinum de Generatione divina, in Sueto-
nium, in vitas Plutarchi, in Livium,
in Quintiliani Inſtitutiones.*

7. *Coram Pio abſceſſuri ad Venetos*   J. A.
adoleſcentis Columnenſis Oratio.   CAMPA-

8. *Oratio ad Senatum Venetum.*   NI.

9. *Oratio in Aſcenſione Domini.*

10. *Oratio Peruſiæ habita initio ſtudii*
anno 1455.

11. *Oratio Cinericia.*

12. *De Spiritu Sanɛto Oratio.*

13. *De Circumciſione Oratio.*

14. *Oratio in Feſto S. Stephani.*

15. *In Feſto S. Thomæ de Aquino*
Oratio.

16. *In Conventu Ratiſponenſi ad ex-*
hortandos Principes Germanorum contra
Turcas , & de laudibus eorum Oratio.

17. *Oratio habita Senis in Exequiis*
Pii II.

18. *Oratio habita Peruſiæ in funere*
Magnifici Nelli de Ballionibus.

19. *Oratio Peruſiæ habita in funere*
parentis D. Jo. Archiepiſcopi Beneven-
tani , tunc Peruſiæ Gubernatoris.

20. *In funere Cardinalis S. Suſannæ*
Saxoferratenſis Oratio.

21. *In funere Urbinatis Ducis Oratio.*

22. *Epiſtolarum libri I X. Michel*
Ferno a mis à la tête de ces Lettres
un Sommaire de ce qu'elles contiennent. Elles ſont précedées d'une des

J. A. ſiennes, qui porte ce titre ridicule :
CAMPA-*Piicola Michael Fernus , Piiſei Campa-*
NI. *ni reſtitutor ; Picolomino F. Card. Reu.*
auſpici ſuo pienter repoſuit.

23. *Peruſinorum ad Pium II. in Obe-*
dient. Oratio ; noviſſime ab Angelo
Ubaldo viro ſpectatiſſimo Peruſiam al-
lata. Cet Ouvrage paſſe pour être de
Campani , quoiqu'il ne ſoit pas fort
ſûr qu'il en ſoit.

24. *Pii II. Pont. Max. vita.*

25. *De vita & moribus Andreæ Bra-*
chii libri ſex. Outre l'édition de cet
Ouvrage , que j'ay marquée au *N°. 4.*
Il y en a une autre de *Baſle* 1545.
*in-*8°. Une autre Lettre de *Ferno* à
Pomponius Lætus , qui ſuit cette vie ,
ne porte pas un titre moins ridicule ,
que celle que j'ai déja citée. Le voici :
Dictatori perpetuo , Imperatori noſtro
Maximo , Pomponio Lato , Magiſtro
Equitum Phædro cunctæque Reipublicæ
Litterariæ , Michael Fernus Mediola-
nenſis , Vilis pabulator , ſtrenuam pu-
gnam , pulchram Victoriam.

26. *Elegiarum , Epigrammatumque*
libri VIII.

V. *Toppi & Nicodemo , Bibliot.*
Napoletana.

JEAN PASSERAT.

Tome 2. IL fut enterré dans l'Eglise
p. 326. des Jacobins de S. *Jacques*,
où *Henri de Mesme*, Conseiller d'E-
tat, son protecteur lui fit ériger un
Mausolée, sur lequel on grava cette
Epitaphe que *Passerat* s'étoit faite lui-
même.

Hic situs in parva Janus Passertius
 urna ,
Ausonii Doctor Regius eloquii.
Discipuli Memores tumulo date serta
 Magistri ,
Ut vario florum munere vernet humus.
Hoc culta officio mea molliter ossa quies-
 cent ,
Sint modo Carminibus non onerata
 malis.

Ajoûtez à ses Ouvrages

*Consolation à Madame de Givry sur
la mort de son époux. Paris. Patisson*
1594. *in-*12.

*Les trois livres de la Bibliotheque
d'Apollodore, ou de l'origine des Dieux,
traduits par Jean Passerat. Paris* 1605.
*in-*8°.

GREGORIO LETI.

G. LETI. *Tome 2.* **A**Joûtez à ſes Ouvrages
p. 381. le ſuivant.

*Vita del Duca Valentino, detto il
Tiranno di Roma, deſcritta da Tomaſo
Tomaſi, con una aggiunta di G. L.
(Gregorio Leti.) In Monte Chiaro* 1670.
*in-*12.

Nous apprenons du voyage de
Rouviere, que *Leti* étant à *Geneve*,
enſeignoit l'Italien à la Nobleſſe
étrangere à un louis par mois, ce qui
lui procura la connoiſſance de pluſieurs perſonnes de diſtinction. (p.
163.)

THOMAS. FIENUS.

T. FIE-*Tome 2.* **T**Homæ Fieni & Liberti
NUS.   p. 406. Fromondi de Cometa anni
1618. *Diſſertationes. Item ejuſdem Fini
Epiſtolica quæſtio, An verum ſit Cœlum
moveri & terram quieſcere. Antuerpiæ*
1619. *in-*4°.

SIMON PAULLI.

Tome 3. **A**Joûtez à ſes Ouvrages.
p. 26. Oratio ad Dn. Profeſſó-
res ac ſtudioſos omnium ordinum Acade-
miæ Roſtochienſis, ab ipſo habita, cum
reciperetur in Profeſſorum numerum,
jam demum edita : qua quærit cur fiat,
quod, qualis Phidias inter Plaſtas, vel
qualis inter Pictores Apelles fuerit, talis
inter Medicos Hippocrates celebretur,
nemo vero hac ætate ei ſimilis exiſtat?
Haſniæ 1641. & 1644. *in-*4°. It. avec le
Quadripartitum Botanicum de l'édition
de 1667.

On trouve auſſi cinq Obſervations
de ſa façon dans les deux premiers
volumes des *Acta Haſnienſia* de *Tho-*
mas Bartholin.

TANEGUI LE FEVRE.

Tome 3. **A**Joûtez à ſes Ouvrages.
p. 124. *Fabulæ ex Locmanis Ara-*
bico-Latinis Verſibus redditæ. Salmurii
1673. *in-*12.

T. LE
FEVRE.
Une Lettre de *Jean-Henri Horbius* dattée du 6. Janvier 1670. & inferée dans les *Acta Litteraria* de *Struvius, Fasc.* 6. p. 45. rapporte un fait trop fingulier pour n'être pas mis ici. Il faut citer les paroles mêmes de l'Auteur. *In Gallia* Tanaquillus Faber *defendit Copistas, ita vocat, Codicis facri non majorem spiritus Sancti habuisse affistentiam, quam qui Pindarum descripferunt aut Ovidium, & contrarium urget Dominus* Gepé *Parisienfis. Occafio litigii hinc fumma, quod Faber in Epistolarum opere aliqua novi Testamenti loca correxerit; quod cum reprehendisset Dominus* Gepé, *Criticæ arti infenfus, adverfarium lacessivit eruditissimum, qui hoc anno duos contra ipfum libellos edidit, & in his non folum Dominum* Gepé, *fed & Collegium ipfum cujus membrum est,* des Sçavans, *five eruditorum Parisienfium refutavit, horumque conamen in Cenfendis aliorum operibus frustraneum effe dixit; addens eruditè, quid ad hoc requiratur, fi eruditorum opera judicari debeant, quod cum defit bonis illis viris, nihil boni ab ipfis expectandum effe.* Que de fautes raffemblées en ce peu de mots?

3°. Qui reconnoîtroit M. *Gallois*, T. L E sous le nom de M. *Gepé*, dont *Hor-* F E V R E. *bius* par une méprise assez plaisante s'est avisé de faire un Auteur, parce que M. *Gallois* a mis à la tête de son *Journal des Sçavans* les deux Lettres **O. P.** qui signifient *Gallois Prêtre*. 2°. *Horbius* fait entendre qu'il y avoit alors une Societé composée de plusieurs personnes pour travailler au Journal ; mais les choses n'étoient pas sur ce pied-là du temps de M. *Gallois.* 3°. Il semble par ce qu'il dit de M. *Gallois*, que ce Sçavant rejettât entierement la critique ; ce qui est faux ; il n'en condamnoit que l'abus. 4°. Les deux Ecrits publiez par M. *le Fevre* ne sont pas de l'an 1670. mais de 1666.

Sa *Methode pour commencer les Humanitez* a été réimprimée à *Paris* en 1731. *in-12.* avec les remarques de M. *Gaullyer.*

A N N E L E F E V R E.

Tome 3. **I**L y a une nouvelle édition
p. 141. de sa traduction des Poë-

fies d'*Anacreon*, faite à *Amfterdam*
en 1699. *in*-12. elle a même été réimprimée plufieurs fois depuis.

P. 142. J'ai oublié une édition de
fa traduction de *Terence*, faite à *Amfterdam* en 1706. en 3. vol. *in*-12.

HENRI NORIS.

**H. No-
RIS.** *Tome 3.*
p. 258. ON trouve dans le Journal de *Rome* de l'an 1676.
de l'édition de *Tinaſſi*, l'extrait d'une
de fes Lettres fur une nouvelle pêche
de Corail découverte près du Port de
Livourne.

On vien de réimprimer tous fes
Ouvrages en corps à Verone. Cette
édition fe trouvera à *Paris* chez
Briaſſon.

SIMON EPISCOPIUS.

**S. Epis-
COPIUS.** *Tome 3.*
p. 322. OUtre les Ouvrages d'E-
piſcopius dont j'ai parlé,
& qui ont été la plûpart imprimez en
Flamand, avant que de paroître en
Latin

Latin dans le Recuëil de ſes Oeuvres , il en a fait encore d'autres qui n'ont jamais été imprimez qu'en Flamand , & qu'il eſt bon de faire connoître ici : En voici la liſte.

1. *Trente-quatre Prédications ſur les paroles de Jſus-Chriſt qui ſe liſent dans le chapitre* 17e. *de S. Jean , v.* 3. *Amſterdam* 1646. *in-4°.*

2. *Explication du* 5e. *chapitre de l'Evangile de S. Matthieu , contenuë en* 34. *Sermons.* Rotterdam 1657. *in-4°.*

3. *Trente-deux Sermons ſur differens textes. Amſterdam* 1693. *in-4°.*

4. *Dix-ſept Sermons prêchez en differentes occaſions : avec la vie de l'Auteur par Philippe de Limborch. Amſterdam* 1693. *in-4°.* Ces quatre volumes ont été réimprimez enſuite à *Amſterdam* en un ſeul *in-fol.*

5. *Foibleſſe de la pieté de la Doctrine de Triglandius contenuë dans ſon livre contre la Porte étroite d'Edouard Poppius. Amſterdam* 1632. *in-4°. Edouard Poppius*, fameux Remonſtrant , mort le 9. Mars 1624. publia en 1616. à *Gouda* , où il étoit Miniſtre , un livre *in-4°.* intitulé : *La Porte étroite , ou Sermons ſur quelques textes de l'Ecri-*

Tome X. P. II. C c

S. Epis-
copius.

ture (en Flamand) *Jacques Triglandius*, Miniſtre d'*Amſterdam*, l'atta-
qua auſſi-tôt dans ſes Sermons qu'il
ne publia cependant qu'après la mort
de *Poppius*, c'eſt-à-dire en 1631. en
un gros volume, qu'il intitula :
La force de la pieté. C'eſt ce dernier
Ouvrage, qu'*Epiſcopius* a entrepris
de réfuter, dans celui dont j'ai rapporté le titre. *Triglandius* y ayant
répondu la même année par un livre
intitulé : *Le Remonſtrant impuiſſant
abbatu, ou écraſé par la force de la
Doctrine de verité conforme à la pieté*
(en Flamand) *in*-4°. *Epiſcopius* repliqua par le ſuivant.

6. *La force de la pieté maltraitée &
abbatuë, en partie par la mauvaiſe défenſe de Jacques Triglandius, & en
partie par ſes foibles ſubterfuges.* Amſterdam 1632. *in*-4°. Cet Ouvrage ne
termina pas la diſpute. *Triglandius* y
oppoſa un nouveau ſous ce titre : *La
veritable Religion défenduë contre les
calomnies & les mauvaiſes ſubtilitez des
Remonſtrans.* (en Flamand) 1633.
in-4°.

7. *La Religion de Triglandius emba-
raſſée, confuſe, fauſſe, & déraiſonnable.*

Amſterdam 1634. *in-*4°. C'eſt une ré- S. Epis-
ponſe au dernier livre de *Triglandius* , copius.
qui crut devoir la réfuterdenouveau;
mais *Epiſcopius* perſuadéqu'iln'y
avoit plus rien à dire ſur leur diſpute
en demeura-là.

8. *Défenſe néceſſaire des Remonſtrants
par rapport à leur Confeſſion deFoy.*

9. *Jugement ſur la queſtion touchant
le moyen ordinaire de la réſipiſcence des
hommes ,* in-4°.

10. *Nullité de l'anathême des Calvi-
niſtes,* 1624. *in-*4°.

11. *La Religion libre ,* 1627.

12. *Réponſe à l'examen qu'Abraham
Heydanus a fait du Catéchiſme des Remonſtrans. Amſterdam* 1642. *in-*4°.

13. *Examen de l'infallibilité de l'E-
gliſe Romaine , & du droit ſouverain
qu'elle s'attribuë de décider des dogmes ,
fait entre Simon Epiſcopius & Guillaume
Bom catholique Romain. Roterdam*
1687. *in-*8°.

V. *Bibliotheca Remonſtrantium Adria-
ni à Cattenburgh.*

MARCEL MALPIGHI.

M. MAL-
PIGHI.

Tome 4.
p. 62.

MAlpighi mourut à *Rome*, mais son corps fut transporté a *Boulogne*, où il fut enterré avec cette Epitaphe.

D.   O.   M.

Marcellus Malpighius
Philosophus & Medicus Bononiensis
Collegiatus :
In Patria & Pisana Universitate ordi-
narius ;
In Messana vero Primarius
Medicinæ Professor.
Operibus editis Clariorum Europæ Aca-
demiarum
Æstimationem promeritus ,
Ab Innocentio XII. P. M.
In Archiatrum electus ,
Ac inter Romanos Nobiles ,
Et Cubicularios Intimos Participantes
Adscriptus :
In proximo Cœnotaphio
Quod sibi & posteris extrui mandaverat
Requiescit , anno salutis
1694.
Ætatis suæ 67.

Toutes les Oeuvres de *Malpighi* M. MAL-
marquées au *N°.* 7. ont été réimpri-PIGHI.
mées à *Leyde* en 1687. *in-4°.*

Ajoûtez à ses Ouvrages.

*De externo Tactus Organo Anato-
mica observatio. Neapoli.* 1665. *in-12.*

*Magnæ Societati Regiæ Anglicanæ
Marcellus Malphighius.* Cette Lettre ,
qui roule sur l'Anatomie , se trouve
dans le Journal de *Parme* de l'année
1689. p. 285.

*Marcelli Malpighii vita ab ipso
conscripta , in qua pleraque quæ ab ipso
prius scripta aut inventa sunt , confir-
mantur , & ab adversariorum objectioni-
bus vindicantur.* Cette vie se trouve à
la tête de ses Oeuvres posthumes , &
dans la *Bibliotheca scriptorum Medicorum* de *Manget* , tom. 2. p. 137. où
elle tient 74. pages. On voit par-là
que ce n'est pas une narration séche
& succincte de ce qu'il a fait pendant le cours de sa vie ; en y rendant
compte de ses études & de ses écrits ,
il a soin d'illustrer & de confirmer ses
découvertes , & ces digressions ren-
dent son Ouvrage également curieux
& instructif. Il la composa après qu'il
eut été nommé Médecin du Pape ,

M. MAL-
PIGHI.

& la confia à la Societé Royale de *Londres* qui l'a fait imprimer après sa mort.

Marcelli Malpighii Confultationum Medicinalium Centuria prima, quam in gratiam Clinicorum evulgat Hieronymus Gafpari Medicus & Philofophus Vero-nenfis. Patavii 1713. *in-*4°. Cette édition a éprouvé de grandes contradictions. Les héritiers & les difciples de *Malpighi* publierent, dès qu'elle parut, une feuille volante, fous le titre de *Monitum Litterarium, in-*4°. où ils fe plaignirent qu'on eût fait paroître cet Ouvrage contre la défenfe expreffe de *Malpighi*, ajoûtant qu'on y avoit fourré plufieurs chofes qui n'étoient pas de lui, qu'on avoit alteré une infinité d'endroits de fon texte, & qu'on y avoit inferé des mots, qui en changeoient le fens.

On a attribué à *Malpighi* une Lettre *de Recentierum Medicorum ftudio*, qui parut à *Boulogne* en 1687. mais on a reconnu depuis qu'elle étoit de *Jean-Jerôme Sbaraglia*; comme on peut le voir dans fon article, tome 14. de ces *Mémoires*, p. 225.

V. fa vie par lui-même. *Profperi*

Mandofii Theatrum Archiatrorum Pon- M. MAL·
tificum. Bibliotheca fcriptorum Medi- PIGHI.
corum.

JEAN CLAUDE.

Tome 4. **L**Es deux Ouvrages que J. CLAU-
p. 390. j'ai marqué au *N°.* 10. DE.
Réponfes genereufes , &c. & au *N°.* 13.
Derniere Exhortation , &c. ne font
point de M. *Claude ,* à ce que m'a
affûré M. *Claude ,* fon petit fils. Il eft
facile de le reconnoître au ftile du fecond ; pour le premier, il eft conf-
tant qu'il eft de M. *Jurieu.*

Le même Sçavant, qui fonge à
faire réimprimer toutes les Oeuvres
de fon grand-pere , m'a averti que
j'avois oublié de mettre au rang des
Ouvrages de M. *Claude* un livre dont
j'ai parlé ailleurs , & qui eft le dernier qu'il ait fait. En voici le titre :

Les plaintes des Proteftans cruelle-
ment opprimez dans le Royaume de
France. Cologne 1686. *in-*12. It. *Cologne*
1713. *in-*12. avec une Préface de *Jac-*
ques Bafnage.

GABRIEL FALLOPE.

G. FAL-*Tome* 4. LOPE. *p.* 400. Es Opuscules de *Fallope*, contiennent les pieces suivantes.

1. *De Morbo Gallico liber.* C'est la troisiéme édition de ce Traité, qui a paru d'abord à *Padoue* en 1564. *in*-4°. & ensuite à *Venise* en 1565. *in*-8°. On la inserée dans un Recüeil d'Ouvrages qui roulent sur la même matiere, intitulé : *Aphrodisiacus, sive de Lue Venerea*, & imprimé d'abord à *Venise* en 1616. en 2. vol. *in-fol.* & ensuite à *Leyde* en 1728. en 2. vol. aussi *in-fol.*

2. *De Bubone pestilenti Tractatus.*

3. *Quæstio de principio venarum.*

4. *De Balsamo.*

5. *De Aspalatho.*

6. *De Sandalis.*

7. *De Musco.*

8. *De Moscho.*

9. *De Ambra.*

10. *De Zibetto.*

11. *De Decoratione.*

12. *De Caloribus Tractatus, in quo agitur de concoctione.*

Avec

Avec ces douze traitez on trouve G. Fal-
dans le même volume les deux sui- lope.
vans.

Guilielmi Rondeletii Tractatus de
Fucis.

· *Petri Angeli Agathi Arcanorum li-*
ber primus. C'est ce dernier Auteur
qui a publié ce Recuëil, lequel est
*in-*4°. & qui y a joint des Annota-
tions sur plusieurs endroits de *Fal-*
lope.

THOMAS LINACER.

Tome 4. SOn Epitaphe raportée par T. Li-
p. 266. Paul *Hentzner* dans son nacer.
Itinerarium, p. 119. & qui est dans
l'Eglise de *S. Paul* à *Londres*, où il a
été enterré, mérite de trouver ici sa
place.

Thomas Linacrus , Regis Henrici
VIII. Medicus, vir & Græcâ, & La-
tinâ artis in re Medica longe eruditif-
simus, multos ætate sua languentes, &
qui jam animum desponderant, vitæ res-
tituit; multa Galeni opera in Latinam
linguam, mira & singulari facundia

Tome X. Part. II. Dd

T. LI-*vertit ; egregium opus de emendata ſtruc-*
NACER.*tura Latini Sermonis , amicorum roga-*
tu , paulo ante mortem edidit : Medecinæ
ſtudioſis Oxoniæ publicas lectiones duas ,
Cantabrigiæ unam in perpetuum ſtabili-
vit ; in hac Urbe Collegium Medicorum
fieri ſua induſtria curavit , cujus & Præ-
ſidens primus electus eſt : fraudes doloſ-
que mirè peroſus , fidusque amicis ,
omnibus ordinibus juxta charus , ali-
quot annos antequam obiret , Presbyter
factus , plenus annis ex hac vita migra-
vit , multum deſideratus , anno Domini
1524. die 20. Octobris.

La premiere édition de l'Ouvrage
marqué au *N°. 1.* eſt celle-ci : *Proclus*
de Sphæra , Thoma Linacro Interprete
Græ. Lat. Pariſ. Chriſt. Wechel 1534.
in-8°. Maittaire n'a pas connu cette
édition.

MARSILE FICIN.

M. FI-*Tome 5.* **P**Lotini opera Philoſophica
CIN.   *p. 224.* Græ. Lat. cum Marſilii
Ficini Interpretatione & Commentatio-
ne. Baſileæ 1580, in-fol.

THEOPHILE BONET.

Tome 5. IL nâquit le 5. Mars & non
p. 365. pas le 20. comme je l'ai dit
après *Luiscius.* Il fut reçu Docteur en
Médecine en 1643.

  Son *Sepulchretum, sive Anatomia
practica,* marqué au *N°.* 3. a été réimprimé à *Lyon* en 1700. en 3. vol.
in-fol. par les soins de *Jean-Jacques
Manget,* qui l'a augmenté d'un tiers.

T. BO-
NET.

GISPER CUPER.

Tome 6. JEan-George Schelhorn a in-
p. 95. seré dans ses *Amœnitates
Litterariæ,* tom. 4. p. 541. une Lettre
de *Cuper* à *Jean-Christophe Wagenseil*
dattée du 21. Avril 1696. sur la question, si ce qu'on appelle *Ludi Scenici*
étoit en usage chez les Juifs.

G. CU-
PER.

ANDRE' DU CHESNE.

A. DU CHESNE. *Tome.* 7. p. 325. Mettez parmi ses Ouvrages celui-ci.

Epithete d'honneur d'Henri le Grand, où par abregé sont représentées les plus grandes actions de sa vie, & de son lamentable trépas, ensemble ses obsèques. Par André du Chesne. Paris 1610. in-8°.

LEON ALLATIUS.

L. ALLATIUS. *Tome* 8. p. 109. Sa réfutation de la Fable de la Papesse a été inserée par *Jean-George Schelhorn,* dans le neuviéme tome de ses *Amœnitates Litterariæ,* p. 779.

FIN.

TABLE GENERALE

Des Matieres qui ont été traitées par les Auteurs dont il est fait mention dans ce Volume.

A

C

D

E

V.

Y

Fin de la Table des Matieres.

TABLE

ALPHABETIQUE.

Des Auteurs contenus dans ce
Volume.

C

Fin de la Table Alphabetique.

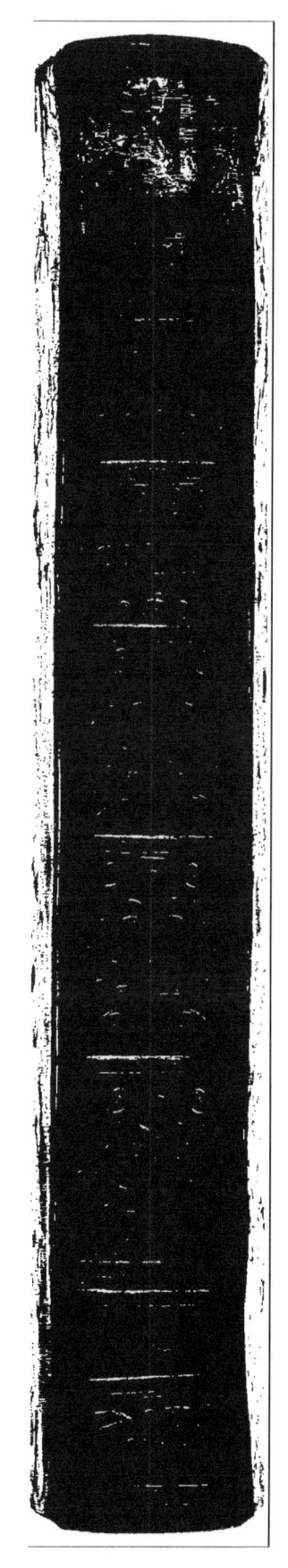

www.ingramcontent.com/pod-product-compliance
Lightning Source LLC
Chambersburg PA
CBHW070328030726
47505CB00004B/1125